もゆる椿

天羽恵

徳間書店

もゆる椿

一

枯れ葉を踏む音が、ふと止《や》んだ。

「あちらでございます」

前を行く座敷女中が振り返り、木立の向こうを指し示す。指を向けた先に、生け垣に囲まれた平屋が見えた。

真木誠二郎《まきせいじろう》は、うなずきを返すことも忘れて、凝《こ》った造りの雅《みやび》な離れ家をみつめた。

ここ「近江屋《おうみや》」は、江戸でも指折りの料理屋として聞こえが高い。その敷地は広大で、総二階の母屋《おもや》の他に、離れ座敷をいくつも擁している。

呼び出しに応じて出向いてきたものの、誠二郎の腰は早くも引けていた。

門構えのある料理屋など、噂でしか耳にしたことのなかった誠二郎は、〝離れ〟と聞いてもなんのことかわからず、母屋の片隅にある部屋をそう呼んでいるのだろうと、勝手に想像していた。だから家一軒が丸ごと、ひと組の客に供されると知って、不覚にも浮き足立ってしまった。

——なるほど。確かに、密会にはうってつけだ。

誠二郎が目を瞬《しばたた》いている間に、女中は再び背を向けて歩きだしていた。

冬枯れの庭に薄日が差し、辺りの景色がぼんやりと霞《かす》んで目に映る。

冥途《めいど》に迷い込んだようだと思いながら、誠二郎は黙って足を進めた。

生け垣をまわり込んだ先に離れ家の戸口があり、傍《かたわ》らに一株の藪椿《やぶつばき》が植わっていた。青々とした葉に取り巻かれながら、椿の花が今を盛りと咲き誇っている。灰色に沈んだ色のない庭の中で、その一角だけがくっきりと浮き上がって見えた。

誠二郎を二間続きの小座敷に通した後、女中は手早く酒肴《しゅこう》の膳を整え、控えの間に姿を消した。

一人になったところで、誠二郎は小さく息を吐き、薄く目を閉じた。

まぶたの裏に、濃い緑と深い赤の対比が、残像のようによみがえる。

手を伸ばして中庭に面した障子を開けば、今一度椿の花を眺められるだろうか。

そう思って浮かせかけた腰を、誠二郎はすぐに戻した。

常から庭の造作に気を留めたことなどなく、そもそも花を愛《め》でるような風雅な趣味は、欠片《かけら》も持ち合わせていない。それが今日に限ってどうして、垣間見ただけの椿の花に、こうも心惹《ひ》かれてしまうのか。

問うまでもなく、答えはわかっていた。他の物事に気を取られている間は、自分の中の不安と向き合わずにすむからだ。

二月前《ふたつき》、「裏目付《うらめつけ》の一人として働かぬか」と予期せぬ誘いを受けた時は、「これで自分も上様のお役に立てる」と舞い上がり、一も二もなく飛びついた。だが仕官がかなったという喜びに浮かれていられたのは、ほんの束の間《つかのま》だった。

過分な支度金を与えられ、密かに身辺を探られていたらしいと察してからは、ひとかどの武士になるのだと奮い立つ気持ちと、生来の臆病さが、誠二郎の身の内でせめぎ合うようになった。

今もそうだ。

椿の花を頭の中から追い出した途端、強気な自分が、「佐野《さの》様にお引き立ていただいたおかげで、部屋住みの身から脱することができたのだ。どのような御役でも立派に務めてみせる」と声を張り上げる。すかさずもう一人の自分が、「血腥《ちなまぐさ》い御役目を頂戴することになっても、同じ口が叩《たた》けるのか」と言い返す。

「俺だって一応、小野派一刀流《おのはいっとうりゅう》目録だ」

「しょせん、道場剣だろ。擦り傷でも鼻血でも、ちょっと血を見ただけで気を失いそうになるお前が、切った張ったの真似事《まねごと》なんぞできるのか？」

「腰の物を使う羽目に落ちることなど、滅多にあるまい？」

「甘いぞ、誠二郎。裏目付の主たる務めは、御小人《おこびと》のような間諜《かんちょう》だと言われたじゃないか。表ならいざ知らず、裏となれば刀に物を言わせることもあるだろう。御役目とあらば、嫌とは言えんぞ」

そこでもう一人の自分は、黙り込む。

――それでもやるしかない。仮にも武士たる者、いったんは受けると誓った言葉を反古《ほご》にすれば矜持《きょうじ》にもとる。何よりこの機を棒に振れば、先に待つのは飼い殺しのまま、家の片隅で朽ち果てるだけの人生なんだ。

自問自答を何度繰り返そうと、結論はいつも同じだった。ただ、決意だけでは不安は消えない。覚悟を確かなものにするには、度胸と経験が必要だ。それが自分には、決定的に不足している。

誠二郎は膝の上に置いた拳を握りしめたまま、格天井《ごう》を見上げた。

辺りは静かだ。足音が近づいてくる気配もない。

物音一つしない部屋の中にいると、今も耳奥に残っている棒手振《ばてふ》りの囁《ささや》き声が、まざまざとよみがえってくる――。


ことの起こりは長月《ながつき》の半ば――少し前まで道や家々の屋根にしぶとく残っていた残暑の熱気がようやく抜けきり、朝一番に道場の床を踏みしめた時など、足の裏に冷たさを覚えるようになりかけた頃だった。

誠二郎が通う小野派一刀流の宗方《むなかた》道場は、牛込《うしごめ》の外れにある。周辺には田畑が広がり、門人には近在の百姓も多い。

ほとんどは手慰み程度の気構えだったが、武士顔負けの熱心さで通ってくる者もいる。小太郎《こたろう》という百姓も、そうした一人だった。

武士の立場にこだわる者は、町人や百姓との立ち合いを嫌がる。万が一にも一本を取られれば恥だと思っているのだろう。

誠二郎に、そうしたこだわりはなかった。「自分はしょせん、役立たずの部屋住みだ」と卑下《ひげ》しているせいもあるが、それよりも「気持ちのいい立ち合いをしたい」という思いのほうが強い。小太郎の剣は素直で潔く、竹刀を合わせていると楽しかった。小太郎も誠二郎を慕い、気軽に手合わせを頼んでくる。

見慣れない侍が武者窓から中を覗《のぞ》き込んでいることに気づいたのは、いつものように小太郎を相手にして、汗を流している最中だった。

有名な道場であれば、窓に鈴なりの見物人というのは日常的な光景だが、小さな町道場では珍しい。歳《とし》の頃は四十絡みか。いかつい顔立ちで目つきが鋭い。

男はしばらくの間誠二郎と小太郎の立ち合いをみつめていたが、ひと息つこうと誠二郎が竹刀を下ろした時には、いつの間にか姿を消していた。

師匠の知り合いかと思っただけで、すぐに誠二郎は男のことを忘れた。

「少し休んだら、もう一手仕合おう」

そう言い置いて誠二郎は、道場の隅に引き上げた。

面を外して汗を拭いていると同門の池端《いけはた》伊之助《いのすけ》が、「三本に一本は取られていたな」と声をかけてきた。

「百姓相手に手こずるとは不甲斐ない。武士として恥ずかしくないのか？」

伊之助は大身旗本の嫡男で、常から家格を鼻にかけている。誠二郎としては距離を置きたい手合いだったが、向こうは誠二郎と接することで優越感を覚えるらしく、ことあるごとに絡んでくる。

「道場では武士も百姓もない。宗方先生も、小太郎の熱心さを褒《ほ》めておられる」

誠二郎が言い返すと、伊之助は不快そうに鼻を鳴らした。

「百姓ふぜいが剣術に執心するなど、分不相応もはなはだしい。切紙をいただいたところで、桂馬の高上がりになるのが落ちだ」

「まったくだ。何かを振りまわしたければ、百姓らしく畑で鍬《くわ》を振るっておればよいものを」

「一揆でも起こすつもりではないか」

「けしからん。ここらで身の程を知らしめておかんと増長するばかりだぞ」

取り巻き連中も伊之助に加勢して言い立てる。

だが威勢のいいのは口だけで、伊之助たちが決して小太郎と立ち合おうとしないことを、誠二郎は知っていた。〝身分違い〟は大義名分にすぎない。仕合っても負けると、本人たちが一番よくわかっているからだ。

「強いものは強い。それがすべてだ。身の程も糞もあるか」

こんな連中でも嫡子というだけで、いずれは家督を継ぎ、上様の為に働くことになる。そう思うとどうしても、反発と羨望を抱いてしまう。

「さほどのお気に入りなら、そなたが小太郎に弟子入りしたらどうだ？」

「それは名案だ。実家のすねかじりでいるより、百姓になって小松菜の世話でもしているほうが、よほど世の為になるぞ」

さんざ悪態をついて、伊之助と取り巻きたちは離れていった。

息を吐いて顔を上げると、道場の向かい側から、顔を強張《こわば》らせてこちらを見ている小太郎と目が合った。声は届かなくても、伊之助たちとどんなやり取りをしていたのか、雰囲気で察したらしい。

誠二郎は小太郎に笑みを向けた。

――武士どうしのくだらない意地の張り合いだ。お前が気にする必要はない。

微《かす》かにうなずいて目を伏せる小太郎を見て、いい面《つら》構えをしていると誠二郎は思った。

誠二郎も伊之助たちも帯刀を許されているだけで、もし真剣を向けられれば揃って腰を抜かすだろう。むしろ小太郎のほうが、鍬を手に堂々と立ち向かっていきそうだ。為すべきことを為しているという自負を持つ者は強い。

百姓は作物を育てる。

商人は人の暮らしを支える。

武士は政《まつりごと》をつかさどるが、それも御役あっての話だ。仕官の当てのない武家の次男坊など、いなくなっても誰も困らない――。

八つ過ぎ、誠二郎はその日の稽古を終えて道場を後にした。

門を出て石切橋まで差しかかったところで、「もし……」と声をかけられた。振り返ると、武者窓の外にいた侍が目の前に立っていた。

「私に何か?」

「突然に声をかける無礼をお許し下され」

強面《こわもて》だが、笑うと目尻にしわが寄って柔和な顔になる。

「通りすがりに鋭い気合声を耳にし、ふと覗き見をいたしたところ、そこもとの太刀《たち》捌《さば》きに見惚《みほ》れてしまった次第。お若いのに見事なお手並み。しかと拝見いたし申した」

褒められて悪い気はしないが、いくらなんでも持ち上げすぎだろう。剣術は誠二郎の唯一の取り柄だが、おのれの腕を過大評価するほど愚かではないつもりだ。

「お戯れを。私は目録を得たばかりの若輩者にすぎませぬ」

「いや、目付衆である拙者《せっしゃ》の目に狂いはござらん。まさかあのように小さな町道場で、そなたのような遣い手を目にしようとは」

目付衆という言に、胸の中で心の臓が跳ねた。「長年部屋住みとしてくすぶっていた誰それが、ひょんなことから剣の腕を認められ、仕官がかなった」という、まことしやかな噂話が脳裏をよぎる。

「拙者は、佐野兵衛《ひょうえ》と申す」

「真木誠二郎と申します」

「しかと、うけたまわった。ついてはそなたに、ぜひとも申し伝えたいことがござる。手間は取らせぬ故、拙者と一献つきあってもらえまいか」

――これは本当に、噂が真《まこと》の話に化けるやもしれぬ。

期待に胸を高鳴らせたまま、誠二郎は佐野の後に続いた。

佐野が向かった先は、神楽坂にある「末吉《すえよし》」という鰻屋《うなぎや》だった。

馴染《なじ》みの店らしく、暖簾《のれん》をくぐった佐野は、迷わず二階へと上がっていく。

御あてがい扶持《ぶち》という名のわずかな小遣い銭しか与えられていない誠二郎は、飯屋か屋台で飲み食いする程度がせいぜいで、名のある大店《おおだな》には足を向けたことすらない。

人いきれのする入れ込みと違って、二階の小座敷は静かだった。酒を運んでくる女中の仕草までが垢《あか》抜けて見える。

自分とて家は直参《じきさん》の旗本だ。臆する謂《いわ》れはない。

そう言い聞かせてみたものの、そこは悲しいかな次男坊の身。嫡子でない誠二郎は公の場での所作を学んだことがなく、改まった席は不慣れだった。今こうして、立派な風采《ふうさい》の佐野と向き合っているだけで、尻がむずむずしてくる。

「ここの鰻は旨《うま》いが、焼き上がるまで半刻《はんとき》ばかりかかる。されば、ゆっくり話もできよう」

女中が去るのを待って、佐野は口を開いた。

「まずは直截《ちょくせつ》にお尋ね申す。そなたは御公儀のお役に立ちたいと思う気持ちはおありか」

――まさしく仕官の誘いだ。

思わず頰《ほお》が緩《ゆる》みそうになったが、「武士たる者、みだりに感情を表に出してはならぬ」という父の教えを思い出し、表情を変えないよう必死で堪《こら》えた。ここで浮かれた素振りを見せれば、浅薄な人物とみなされ、佐野の興を殺《そ》いでしまうかもしれない。

誠二郎は身を引き締め、「直参の家に生まれた者として、当然のこと」と、殊更《ことさら》重々しい口調で答えた。

「上様の御為に、身命《しんみょう》を投げ打つ覚悟はあるか」

「むろん」

「表に出ることのない務めであってもかまわぬか？」

佐野の目つきが鋭くなる。

誠二郎は内心首を傾《かし》げた。

「佐野様は目付衆と申されましたが」

「表向きはな。我らの役職には名がない。強いて呼ぶとすれば、裏目付というところかの」

「裏？」

「これよりそなたに申し伝えることは、ご政道に関わるが故に他言無用。そう心得よ」

佐野は傍らの大刀を手に取って鍔《つば》を鳴らした。

金打《きんちょう》——武士の魂にかけて誓う以上、違《たが》えることは許されない。誠二郎も刀を立てて佐野に倣《なら》った。

「綺麗ごとだけではすまぬのが世の習いというもの。二百有余年の太平は、表に立つ者の働きだけでは保てぬ。裏で支える者どもがいなければ、徳川の世はとうに潰《つい》えていたに相違ない」

予想もしていなかった方向に話が流れていく。佐野の動かない瞳をみつめながら、誠二郎は続く言葉を待った。

「ひと頃は吉宗《よしむね》公の定められた御庭番家筋がその任に就いておったが、特権を寡占する集団は必ず腐る。伊賀組も根来《ねごろ》組も、いつの頃からか表の御役目しか務まらぬ体となってしもうた。そこで内々に、新たな組織を設けることと相成った。その役どころは、外様《とざま》や公家《くげ》の不穏な動きを探るとともに、水面下で処理することにある」

誠二郎は息を呑《の》んだ。

目付が睨《にら》みをきかせているのは旗本や御家人だが、佐野たちが探りを入れる相手は外様や公家だという。おまけに〝処理〟まで行うとなれば、目付と名がついていても、役向きは隠密に近い。

「それは……御小人のようなものでしょうか」

隠密として働く御役は多い。徒《かち》目付は言うに及ばず、隠密廻りや鳥見役人も密命を受けて情報収集に当たっていると聞く。

「目付も御小人も、若年寄の支配下じゃ。我らは上様直々の命で動く」

上様直々の命――。

あまりにも輝かしいひと言に、目が眩《くら》む思いがした。

「昨今は世情の乱れも甚だしく、我らが担う責はいや増すばかり。表には立てぬとも意義深い御役じゃ。心して気張るがよい」

佐野はすでに誠二郎を、裏目付の一人として遇している。

望んでいたこととはいえ、とんとん拍子に話が進みすぎて、ふと不安になった。

「ありがたき幸せに存じまする。なれど佐野様。かような御役目は、修羅場をものともせぬ強者《つわもの》のみがこなせる務めである、と聞き及んでおります。恥ずかしながら私は、生まれてこのかた、腰の物を抜いたことがありませぬ」

佐野は微笑《ほほえ》んだように見えた。

「案ずることはない。拙者がそなたの太刀捌きに見惚れたのは、技量ではなく気質のよさじゃ。なまなかな剣技より、優先すべきことは多々ある。そなたはその強みを、御役に生かせばよい」

自分の強みと言われても、何を褒められたのかすら、誠二郎にはわからなかった。だが佐野は自信ありげだ。

「私のような者でも務まりましょうか」

「そなたのような者こそ、我らは求めておる」

断言されて、胸が熱くなった。

生まれた時から余計者だった誠二郎は、こんなふうに人から乞われたことがない。

誠二郎は居住まいを正し、改めて佐野に礼を執《と》った。

「上様の御為であれば、この真木誠二郎、身命を賭して働く覚悟にございます。未熟者の私をお取立ていただき、まことにありがたく存じます」

佐野は深々とうなずいた。

「では早速だが、近日中にも家を出て、どこぞかに移ってもらいたい」

「家を?」

「先にも申した通り、裏目付という役職は公には存在せぬ。故に我らの仲間と相成ったことは、親兄弟にも一切悟られてはならぬ。だが部屋住みの身では、隠し通すにも無理があろう。御役目で諸国をまわることもある故、出入りを怪しまれぬよう、独り立ちすることが肝要じゃ。家人よりわけを問われたなら、『剣術指南役として講武所への出入りを許された』と答えるがよかろう」

「目録の私がですか? それはいささか無理があるかと」

「講武所へは話を通しておく。案ずるな」

そこで言葉を切ると佐野は、懐《ふところ》に手を入れた。

「家移りとなれば物入りなこともあろう。受け取るがよい」

小判の一枚か二枚を渡されるのかと思ったが、佐野が懐から取り出したのは、印伝革の巾着《きんちゃく》だった。

「そのようなお気遣いは……」

「公儀よりの支度金じゃ。遠慮はいらぬ」

佐野に強く目で促され、「では、かたじけなく」と押しいただいた。

巾着ははちきれんばかりに膨らんでいて、手のひらの上でずしりと沈んだ。この重さで小判であれば飛び上がるところだが、中身は銭貨らしく、懐に入れるとちゃりちゃりと乾いた音を立てた。

その時頃合いよく、階下から女中の呼びかけ声と足音が聞こえてきた。

「鰻が焼けたようじゃ。そなたも楽にせい」

そう言って佐野は膝を崩した。

襖《ふすま》が開き、座敷女中が膳を抱えて入ってくる。途端に香ばしい匂いが部屋いっぱいに広がった。

目の前に置かれた鰻はふっくらと厚みがあって、屋台の鰻とは大違いだ。

「鰻は江戸前、酒は伏見に限る」

給仕の女中を前にして、佐野が蘊蓄《うんちく》を垂れていた。

目尻に優しいしわを浮かべた様は、若くして楽隠居をした好々爺《こうこうや》そのもので、さっきまでの険しさは影もない。

馴染みの店の女中にも真の顔は見せない——これが、裏の御役に就くということか。その見事な豹変ぶりに、誠二郎は瞠目《どうもく》した。

だが、無邪気に感心している場合ではない。これからは自分も〝裏〟の一員として、二つの顔を自在に使い分けられるよう、努めねばならないのだ。

そう気を引き締めてみたものの、今の誠二郎には、自分のもう一つの顔などまったく見えてこなかった。


鰻屋を出た時には、日が傾いて通りの影が長くなっていた。

誠二郎は馳走《ちそう》の礼を述べ、「これからはいかようにして、佐野様のお指図を仰げばよろしいのでしょうか」と尋ねた。

「つなぎはこちらから取る故、そなたはとりあえず家移りを急げ。くれぐれも内密に、の」

そう答えて、佐野は背を向けた。

しばらく後ろ姿を見送った後、誠二郎もほろ酔い気分のまま歩きだした。酒ではなく、「上様直々の命で動く」という言葉に酔っていた。

他言無用と念を押されたが、月に向かってなら、「御役を得たぞ」と大声で自慢してもいいのではないかと、何度も空を見上げてしまう。

家に帰り着いた誠二郎は、玄関には向かわず庭の隅へとまわった。

一日中日の当たらない三畳一間の離れが、誠二郎に与えられた部屋だった。

裏の御役と聞いても気にならなかったのは、誠二郎の境遇そのものが、すでに影のようなものだからだろう。

誠二郎は三人兄弟の次男坊だった。

家督を継ぐべき長男が病弱か放蕩《ほうとう》者でない限り、武家の次男以下に出る幕はない。三千石以上の大身旗本であれば、持参金を積んで養子の口を探すという手もあるが、真木家のような五百石程度の俸禄では、次男以下に金をまわすゆとりなどなく、家からも世間からも厄介者とみなされる。

冷や飯食いの身から脱したければ、おのれの才でどうにかするしかない。事実、弟の文三郎《ぶんざぶろう》は学問所で頭角を現し、元御典医の目に留まって世に出る機会を得た。今は長崎で蘭方医になるべく遊学中の身だ。

誠二郎も若衆髷《わかしゅまげ》の頃は、唯一の取り柄である剣術で身を立てようと励んでいたが、長ずるにつれて自分程度の腕前の剣客は江戸中に掃いて捨てるほどいると察し、その目はないとあきらめた。

だが今日からは違う。

誠二郎は認められ、仕官がかなったのだ。

裏だろうと表だろうと、公儀の御役であることに変わりはない。俸禄の多寡《たか》も些事《さじ》にすぎない。この先は、周囲にも自分にも引け目を感じずに生きていける——そのことが何よりも嬉しく、ありがたかった。

浮かれ気分のまま、寝仕度をしようと立ち上がりかけた時、懐の重さに気づいた。

そういえばと、誠二郎は佐野から渡された巾着のことを思い出した。「公儀よりの支度金」と佐野は言った。だとすればこれは、誠二郎が生まれて初めて手にするお禄となるわけだ。多寡など些事であると思いつつも、鼻歌が出そうになる。

軽い気分で誠二郎は、巾着の中身を畳の上に開けた。

その瞬間、全身が固まった。

擦り切れた畳とは不釣り合いな金色の輝きが目を射る。小判こそ一枚も入っていなかったが、あらかたが二分金や二朱金だった。ひの、ふの、と数えていって、十両を超えたところで、天まで昇っていた気分が地上に引き戻された。

一貫文程度であれば、素直に懐に収めただろう。だが十両となると、喜びよりも慄《おのの》きが先に立つ。

これだけあれば、武士の体面を保ちながら三年は遊んで暮らせる。支度金名目とはいえ、今日会ったばかりの若造に気安く与えるとは、正気の沙汰ではない。もし誠二郎が金を握ったまま逐電してしまったら、佐野はどうするつもりなのか。

――いや、待てよ。つなぎは向こうから取ると言ってたが、俺はこの家の場所をひと言も告げてないぞ。それに佐野様はなんで、俺が部屋住みだってことを知ってたんだ？

夢見心地から覚めると同時に、頭がまわりだした。

通りすがりに道場を覗き見したという言葉は、でまかせだったのではないか。なんの為かはわからないが、事前に佐野は誠二郎の身辺を調べ上げ、満を持して声をかけてきたのではないか。

いや、従前だけではない。もしかしたら、今もどこかからこの部屋の様子を――。

誠二郎は思わず立ち上がり、奥庭に面して開け放たれていた障子に駆け寄った。

外廊下にも庭にも人の気配はなかった。それを確かめてから障子を閉め、再び部屋の真ん中に座り込む。

——たかが十両ごときで右往左往するとは、情けないにもほどがあるぞ。

そう自分を叱りつけてみたものの、十両という金はやはり重い。過分な金子《きんす》は、否応もなく手にした者の覚悟を問うてくる。

——まさか、初仕事から、命のやり取りをさせられるのではあるまいな。

武士たる者、上様のお役に立って死ぬるなら本望——と言いたいところだが、頭ではそう思っても心がついてこない。やはり本音としては、恐ろしい目にはあいたくない。

「だが俺は、身命を賭して働くと誓ったんだ」

あえて声にしながら、誠二郎はもう一度障子を開き、顔を突き出して夜の闇を見透かしてみた。

どんなに目を凝らしても闇に動きはなく、金木犀《きんもくせい》の甘い香りが濃厚に立ちこめているばかりだ。そのまろやかな匂いに陶然としつつも、胸のざわつきが鎮まるまでには至らなかった。

翌朝、誠二郎は父母のもとへ赴いた。

御役への不安はくすぶり続けていたが、金打の誓いを立てた以上、武士である自分は佐野の指示に従わざるを得ない。

家を出ることを告げると父は、「お前も一人前の男だ。我からそうと決めたのであれば止め立てはせぬ」と応じ、理由を問うてもこなかった。母に至っては、「身体《からだ》にだけは気をつけて」と言いながら、どこか嬉しそうだ。

用人《ようにん》や下男下女を雇うだけで精一杯の下級旗本としては、食い扶持が一人分減るだけでも大助かりなのだろう。

部屋探しは門人の伝手《つて》を頼ることにした。

案ずるよりなんとやらで、数日のうちに道場近くの棟割長屋へ引き移る運びとなった。

長屋の一間に寝起きするようになって思ったのは、これまで自分がいかに恵まれた生活を送っていたか、ということだ。

部屋住みというのは少しばかり質の悪い真綿にくるまれているようなもので、肩身の狭ささえ気にしなければ、三度の食事も掃除も洗濯も、下男や下女に丸投げしておけば事足りる。だがここでは当然、誠二郎がすべてをこなさなくてはならない。

掃除や洗濯は見様見真似でいけたが、問題は食事だった。

しばらくは屋台や飯屋ですませていたが、三度三度外に出るのはなんとも億劫《おっくう》だ。裏長屋には朝早くから、様々な物を売り歩く棒手振りがまわってくる。シジミや納豆、豆腐という売り声を耳にして、飯と味噌汁くらいは作れるようになりたいと思うようになった。

井戸端で洗濯をしている時、居合わせたおかみさんにそのことをこぼすと、「へっついの使い方くらい、あたしが教えてあげるよ」と言ってくれた。

その日の夕方、さっそく誠二郎の部屋を訪ねてきたおかみさんは、「一に火の用心、二に火の用心、三四がなくて五に火の用心」、「始めちょろちょろ、中ぱっぱ」と歌いながら、目の前で見事な飯を炊き上げ、「余り物だけど」と言って唐茄子《とうなす》の煮物まで置いていってくれた。

最初のうちは、焦がしたり生煮えだったりと失敗を繰り返していたが、いったん勘所をつかむと、それからはお手の物だった。

こうなると俄然《がぜん》面白くなってくる。

米が上手《うま》く炊けるようになれば、味噌汁など造作ない。ついでに豆腐売りから教えてもらった八杯豆腐を作ってみたら、上々の出来だった。

毎日のように棒手振りを呼び止め、野菜や魚を買い求めているうちに、向こうからも声をかけてくるようになった。

出入りの棒手振りの顔ぶれは決まっている。互いに親しくなると、彼らは進んで旬の食材や料理法を教えてくれた。

時には包丁で指を切ってしまい、流れる血を見て気を失うという失態もあったが、それでも誠二郎の得意料理は日増しに増えていった。

——もしかしたら俺は、二本差しより飯屋のおやじのほうが向いてるんじゃないか？

鼻歌まじりで大根を千切りにしている時など、そんな思いがふと頭をよぎったりもする。

武士の身上を捨てる気などさらさらないくせに詮無《せんな》いことを考えてしまうのは、待てど暮らせど音沙汰がない心細さ故だろう。

――まさか、忘れられてしまったんじゃなかろうな。

一時は臆病風に吹かれていたことも忘れ、誠二郎は身をもんだ。

このまま十両の金を使い果たしてしまったら、すごすごと家に戻るしかない。そんな恥をさらすくらいなら、いっそのこと腹を切ったほうがましだ、とすら思う。

長屋に移り住んでから、ひと月あまりが過ぎた。

その日は朝から雲が低く、底冷えがない代わりに、今にも雪が降りだしそうな気配だった。

表戸を開けて空を見上げていた誠二郎は、威勢のいい足音を耳にして木戸を見やった。顔馴染みの棒手振りが入ってきて、「今日も寒いねぇ」と言いながら近づいてくる。

「活きのいい寒シジミが入ったけど、どうだい？　汁、飯、和《あ》えもの、何でもござれだ」

「へえ」

誠二郎は、たらいの中を覗き込んだ。

「シジミ飯を作ってみたいけど、難しそうだなぁ」

「なあに、簡単さ。まずはね……」

男はつと誠二郎に顔を寄せ、「佐野様より、『明日の未《ひつじ》の刻、小千住の近江屋へ来られたし』とのことでございます」と声を潜《ひそ》めた。

誠二郎はギョッとして身を引いた。棒手振りは何事もなかったかのように、「薄めの塩水で砂を吐かせちまいねぇ。それから酒でじっくりと……」と大声で手順を述べ始めたが、誠二郎にとって、もはやシジミどころではなかった。

――この町人も、佐野様の手の者なのか。

そうとは知らず、朝夕と顔を合わせては親しく言葉を交わしていた。売り物のことだけでなく、相談事や世間話もしていた。つまり誠二郎の暮らしぶりは、この男を通じて佐野に筒抜けだったということになる。

どんぶり一杯のシジミを抱えて部屋に戻る間、誠二郎は久々に、十両を前にした時の慄きを思い出していた。

――そして今日、誠二郎は棒手振りの言伝《ことづて》に従って、この場に出向いてきた。

目の前の膳には先付けの小鉢がいくつも並んでいるが、どのような御用を言いつけられるかと思うと生きた心地がせず、手をつける気になれない。

半刻も過ぎただろうか。

襖が開き、「待たせてすまぬ」と言いながら、佐野が姿を現した。

「なんだ、せっかくのあんかけが冷めておるではないか。そなたが料理に凝っていると聞き及び、味で評判のこの店をわざわざ選んだのだぞ」

床の間を背にして座に着くなり、佐野は屈託なく笑った。

「は……」

やはり自分は、佐野の掌中にあった。

棒手振りの顔を脳裏に浮かべながら、誠二郎は視線を落とした。

「まあよい。仕切り直しじゃ」

佐野が手を叩くとすぐに、新しい膳が運ばれてきた。座敷女中が下がるのを待って、佐野はぐいと身を乗り出してきた。

「今日呼び立てたのは他でもない。そなたにひと働きしてもらいたいが為じゃ」

誠二郎は腹に力を込めた。

どのような御役目であろうと命懸けで働くつもりだ。ただ荒事だけは勘弁して欲しいと、どうしても願ってしまう。

「かねてより京の都では、幕府に弓引く不逞《ふてい》浪士が跳梁跋扈《ちょうりょうばっこ》し、その狼藉《ろうぜき》ぶりは目に余るものがある。上様もこれを憂い、会津藩主松平肥後守《まつだいらひごのかみ》様を切り札として京へ差し向けた。会津公の尽力により、都も幾分静かになったが、水面下では不穏な動きが続いておる。表の取り締まりは会津公にお任せし、我らは浪士どもを陰から操《あやつ》っておる者の探索に当たっておった。労苦の末に黒幕の正体をつかんだものの、そこからが難儀であった。そやつの素性はまだ明かせぬが、守護職も町奉行も手を出せぬ相手でな。上様も及び腰になってしもうた。然《しか》れどそのお方が都の地下に根を張っている限り、災いの種が尽きぬことは必定《ひつじょう》」

話の途中から、冷たい汗が脇の下に噴き出してきた。

京での尊王攘夷派浪士の横行ぶりは、風聞として伝え聞いている。だが将軍お膝元の江戸府内は未だ平穏で、京の騒動は遠い世界の出来事でしかなかった。それが今、きな臭さとともに、我が身に降りかかろうとしている。

「なればこそ〝裏〟の出番じゃ。『我らにお任せいただければ、徳川の影を見せることなく、ひっそりと始末をつけて御覧に入れる』と上様に具申し続けていたところ、昨日になってようやく、『誅殺《ちゅうさつ》やむなし』との御下知《おんげじ》を頂戴した。かような次第故、此度《こたび》の御役目は、いささかのしくじりも許されぬ」

続く言葉を聞くのが恐ろしかった。

――もしや次のひと言は、「そなたにそやつを斬ってもらいたい」か？　小禄旗本の次男坊など存在しないも同然だから、徳川と関わりのない者として使おうというのか？　やはりあの十両は、お命代か？

そう叫びたかった。

だが口の中はからからに干からびて舌が動かない。いたずらに喉を上下させるばかりの誠二郎の耳に、佐野の声が否応もなく飛びこんでくる。

「すでに刺客《しかく》の膳立てはできておる。そなたはその者を連れて、ともに京へ向かえ」

「は？」

予想外の下知に、束の間、頭が混乱した。

「私が……刺客となるのではなく？」

佐野は誠二郎をみつめたまま、ゆっくりと首を振った。

「隠密廻り同心の御役目は探索のみで、捕縛は町方が当たることは知っておるか？」

「はい」

「我らも同じこと。実際に手を下すのは、別の者どもの務めとなる」

「別の？」

「我らは〝里の者〟と呼んでおる。多摩の外れに隠れ里を設け、殺生《せっしょう》を生業《なりわい》となす者たちを隠れ住まわせておるのじゃ」

誠二郎は息をすることも忘れて、佐野の顔を凝視《ぎょうし》した。

町人である棒手振りが裏目付衆の一人と知った時も肝が縮んだが、まだ更に得体の知れない連中がいるというのか――。

「いかに御役目であっても、人の命を絶つというは、誰にでもできる所業ではない。それをたやすくこなせるのが、里の住人じゃ。皆が皆、人斬りに長《た》けた者ども故、里の外へ出すは、鬼を巷《ちまた》に放つも同然。長旅となればなおさらじゃ」

佐野は言葉を切ると、勿体をつけるように身動《みじろ》ぎした。

「そこで道中、かの者が無体《むたい》な真似をせぬよう、傍《そば》について手綱《たづな》を握る者が必要となる」

「……その御役目を、私に？」

「さよう」

誠二郎は二の句が継げなかった。

この手で人を斬るよりましだが、若造である自分が、「殺生を生業となす」相手と、まともに渡り合えるとは思えない。鼠《ねずみ》が猫に指図をするようなものだ。ちょろちょろと近づいた途端、頭から丸呑みにされて、尻尾も残らないのではないか。

「そなたなら立派に、この御役目を果たせよう」

そう言うと佐野は、袱紗《ふくさ》の包みを誠二郎の前に置いた。

「当座の路銀じゃ。尽きればいくらでも用意いたす故、金は惜しむな。相手が旨いものを食いたいと申さば、名物を食いきれぬほどに並べてやれ。歩き疲れているようなら、駕籠《かご》でも馬でも好きなだけ使え」

――鞭ではなく飴で操れということか。それなら食われずにすむかもしれない。

ほんの少しだが、肩の力が抜けた。

「旅は急がずともよい。一刻も早く片をつけたいのは山々なれど、下手《へた》に急《せ》き立てて機嫌を損ねられては、そのほうが面倒じゃ。物見遊山《ゆさん》になろうとかまわぬ。道中は相手の歩みに合わせ、目立たずつつがなく進むことこそ肝要と心せよ」

再び、鼠になったような気がした。

佐野にそこまで気を遣わせる里の住人とは何者なのか。鬼と称されるからには、やはり金棒が似合うような荒くれ者なのだろうか。

「落ち合う先は品川宿じゃ。そなたは明日午《うま》の刻までに『播磨屋《はりまや》』という旅籠《はたご》へ出向き、そこで相手を待て」

「現れるのは、どのようなお人なのですか」

少しでも心構えをしておきたいと思い、恐々《こわごわ》ながら尋ねてみた。人払いをしているにもかかわらず、佐野は周囲を見まわした後、声を落とした。

「その者は、事前に風体《ふうてい》を知られることを嫌がるのでな。明日になればわかること。この場では、『見かけに似合わず』と伝えるにとどめおく」

どうやら気難しい御仁《ごじん》らしい。

京は遠く、難所も多い。大名行列に行く手を阻まれたり、大井川で川留めにあったりすれば、ひと月近い長丁場になることもあると聞く。その間、手綱を操りながら飴でご機嫌を取るという曲芸を、続けなければならないのか。

「街道筋の宿場には、我らの隠れ宿がある。目印は軒先の瓢簞《ひょうたん》じゃ。宿には手の者が控えておる故、入り用の物があれば申しつけるがよい」

至れり尽くせりとはこのことだが、裏を返せば誠二郎は、旅の間も佐野の操る見えない糸につながれているということになる。

――乗りかかった舟は、すでに岸を離れているのだ。相乗りの相手が鬼だろうと化け猫だろうと、京まで道行きをともにするしかない。途中で舟を下りても溺れるだけだろう。

誠二郎はそう自分に言い聞かせ、心細さを胸の中で押し殺した。

二

翌朝早く、誠二郎は旅支度を整えて裏長屋を後にした。

野袴《のばかま》をはいて股立《ももだ》ちをとった旅姿は、町屋が軒を連ねる界隈《かいわい》でこそ目立ったが、赤羽の橋を渡った辺りから、似たような旅装の者がちらほらと目につくようになった。

御府内への入口である高輪の大木戸まで来ると、旅人を見送る人や出迎える人が茶屋にも道にもあふれ返っていて、いよいよ江戸を後にするのだという実感が湧いてくる。

そこからは、潮の香りにいざなわれるようにして歩いた。

浜から駆けあがってきた砂混じりの冷たい風が、街道にまで吹きつけてくる。春先になれば潮干狩りの人々で賑《にぎ》わうと聞くが、師走《しわす》の今は波打ち際に人影もなく、空と海は灰色にけぶって境い目もおぼろだ。

品川宿には、指定された刻限よりもかなり前に着いた。

人の集まる場所に必ず付いてまわるのが女郎屋だ。この品川でも、ほとんどの宿が飯盛女と呼ばれる遊女を置いている。

道に面して座敷を設け、そこに抱えている女を並べている様は、廓《くるわ》も同然の佇《たたず》まいだ。遊郭の顔見世《かおみせ》のようなものだが、吉原《よしわら》や岡場所と違って道との境に格子がないので、女たちは開けっ広げに声をかけてくる。

播磨屋は街道筋の中ほどにあった。

ここも例にもれず、広い間口の半分は座敷という造りになっていた。前帯の女郎然とした女に混じって、たすき掛けの下女までが、座敷に並んで座っている。

露骨に送られてくる流し目を振り払いながら、誠二郎は表口から土間に足を踏み入れた。

出迎えに現れた番頭は、誠二郎が口を開くより先に、「お待ちしておりました」と頭を下げた。

二階の部屋に通されて旅装を解くなり、誠二郎は往来に面した窓障子を開けた。

窓の下を、人馬や駕籠がひっきりなしに行き交っている。江戸にほど近い遊所ということもあって、旅の者の他に着流しの侍や手ぶらの町人の姿も目につく。それらの人々の中に風体の怪しげな男はいないかと、誠二郎は窓から首を突き出して目を走らせた。

「鬼を巷に放つも同然」と聞いた時は雲を衝《つ》くような大男を思い浮かべたが、「見かけに似合わず」とも佐野は言った。つまり外見は、眼下を行き交う人の群れに無理なく馴染むような、ありふれた風貌だということか。

だが、と誠二郎は思う。

おそらくその者は、目つきだけは普通と違う。人を斬ったことのある者の眼《まなこ》が、常人と同じである筈《はず》がない。ちらりと視線を向けられただけで、誠二郎などは足が竦《すく》んで動けなくなってしまうだろう。

その時誠二郎は、いかつい体つきの浪人が道の向こうから、じっと播磨屋を眺めていることに気づいた。

——あいつか。

昨夜は寝つけないまま、対面後の段取りを繰り返し考えた。そのおさらいを、誠二郎はさっそく開始した。

女中が襖の向こうから、「お客様がお見えです」と告げる。

のそりと部屋に入ってきた男が、「真木殿と申すはそなたか」と声を投げてくる。

誠二郎は軽く頭を下げ、「ご足労です」と返す。

そこまでは昨夜も、難なく思い浮かべることができた。問題はその後だ。

まずは酒か。それとも風呂を勧めて旅の埃《ほこり》を落としてもらうのが先か。飯の前に女を呼んだほうがいいのか。金子だけ渡して好きにさせるべきか。

藩の留守居役であれば酒席の手順もわきまえているだろうが、もてなしたこともももてなされたこともない誠二郎は、想像で対応するしかない。

あれこれと考えている間にも、浪人は大股でこちらに近づいてくる。一瞬だが、確かに目が合った。だが男の視線は誠二郎を素通りし、歩調を緩めることなく旅籠の前を通り過ぎていった。

——違ったのか。

誠二郎は浮かしていた腰を落とした。

手のひらが汗で濡《ぬ》れていた。袖《そで》で手を拭いながら深々と息を吐き出したが、一度高まった鼓動は鎮まる気配を見せない。

早鐘を打つように鳴っている胸を落ち着かせる為、誠二郎は端座して気を集中させようとした。その時、派手な音を立てて襖が開いた。いきなりだったので、冗談ではなく、本当に心の臓が止まりかけた。

「お待たせさんどすえ」

おかしな挨拶をしながら女が入ってきた。いや、女と呼ぶには語弊がある。まだ稚《ち》児髷《ごまげ》が似合いそうな子どもだ。

「何も頼んでおらぬぞ」

抜けかけた腰を庇《かば》うように姿勢を戻しながら、誠二郎は娘に向き直った。

「下で、この部屋に行けって言われた」

幼い声で娘は、くりくりとした目を動かしながら答えた。

「誰に？」

「番頭さん」

命じられて男の部屋に出向くということは、下働きの女中ではなく、この宿の飯盛女か。そう言えば店先の座敷の中に、幼い顔立ちをした下女がいたような気がする。待つ間の退屈しのぎにと、番頭が気をまわしたのかもしれないが、誠二郎からすればありがた迷惑もいいところだ。

「おなごは間に合っておる。押し売りはお断りだ」

そのまま追い出してもよかったが、手ぶらで帰しては叱られるだろうと思い、相場よりも多い一分金を娘の前に置いた。

務めをせずに銭だけ貰えるのだから、結構な話だろう。だが娘はすぐには飛びつかず、一分金と誠二郎の顔を不思議そうに見比べている。

「変なの。これだけ出すんなら、押し売りされた物を素直に買ったほうが安くつくのに」

「戯《ざ》れ言《ごと》はその辺にして、さっさと引き上げてくれんか。お前と無駄話をしている暇はないんだ」

「手空きそうにしてるけど」

ああ言えばこう言う。襖の前に座り込んだまま動こうとしない女に対し、誠二郎は次第に苛立ってきた。

「いいか、俺は今ここで、大切な客人を待っておるのだ。お前にはわかるまいが、これは大切な御役目なのだ。客人より先に女郎を揚げるなどという無礼な真似ができる筈もない。もし相手の機嫌を損ねるようなことになれば、俺は腹を切って詫《わ》びねばならん」

ここまで言えばわかってくれるだろうと、誠二郎は娘を見た。

「御役目？」

「そうだ」

「それって他言無用でしょ？　場末の飯盛女にぺらぺら喋《しゃべ》ったなんて知れたら、それこそ切腹ものじゃないの？」

知ったような口を叩くなと言いかけた途端、血の気《け》が引いた。

「今、なんと言った？」

「佐野のおじさんに、言いつけてやろうかなぁ」

「まさかお前……いや、そなたが……」

〝里の者〟という言葉は、かろうじて呑み込んだ。

「里から高輪までは駕籠で送ってもらったけど、そこからは一人で歩いてきたんだよ。偉いでしょ？」

娘はにっこりと笑い、どうだとばかりに胸を張って見せた。

その子どもっぽい仕草を前にして、誠二郎の頭の中は真っ白になった。

佐野が「見かけに似合わず」と言ったのはこのことかと、改めて思う。思うが、まだ信じられない。それともひと皮剝《む》けば、この女の中から鬼の姿が現れるのだろうか。

その時再び襖が開き、二人の女中が膳を抱えて入ってきた。何も頼んでいない筈なのにと思ったのは一瞬で、誠二郎ははっとして娘を見やった。

「そなたが頼んだのか？」

「うん。ここまで歩いたら、お腹がすいちゃった」

そうだった。本来であればこれは誠二郎の役目だ。

相手を出迎えたら労をねぎらい、すぐにもてなしの用意にかかる――つもりでいた。

その段取りを、すっかり忘れてしまっていた。

気の利かぬことで相すまぬ、と頭を下げかけた誠二郎だったが、途切れることなく運び込まれてくる料理を前にして、詫びる気持ちは霧散した。

女中たちは、少なくとも三往復はしただろう。畳を埋め尽くすように置かれていく箱膳を嬉しそうに眺めていた娘は、その前にぺたりと座り込むや、猛然と箸を動かし始めた。

開いた口が塞《ふさ》がらないまま、誠二郎は目の前の女をまじまじとみつめた。

飾り気のない島田髷に、質素な黒襟の着物と地味な帯という姿は、下女奉公の町娘そのものだ。しかも口中一杯に飯を詰め込んでいる様は無邪気そのもので、「人斬りに長けた者ども」には到底見えない。

ひょっとしたら狐に化かされているやもしれぬと思い、誠二郎は目を閉じて気持ちを落ち着け、三つ数を数えてから再びゆっくりと開いてみた。

娘は同じ姿のままそこにいて、鮟鱇《あんこう》の身を嬉しそうにつついている。

——狐ではないのか……。

ようやく目前の光景をありのままに受けとめる気持ちになったが、こんな子どもが刺客役などという荒事をこなせるのかという疑問は、胸の底に張りついたままだ。

——待てよ。だいたいこの娘は、丸腰ではないのか？

刺客という言葉の響きから、刀で斬りかかるものとばかり思い込んでいたが、首を絞めても毒を盛っても人は死ぬ。

くノ一などは、狙う相手を巧みに閨《ねや》へ誘い込むというではないか。眠り込んだ人間を殺すのに力はいらぬ。密殺であるからには、むしろそうした手法のほうが似つかわしい。

佐野が「ひっそりと始末をつけて御覧に入れる」と大見得を切れたのも、女を刺客に用いる腹づもりでいたからだとすれば合点がいく。

「あたしの食べ方って、変？」

不意に声を投げられ誠二郎は我に返った。

どうやら不躾《ぶしつけ》なまでに娘を凝視していたらしい。誠二郎は慌てて目を伏せ、「これはとんだ粗相を」と謝った。

「顔に穴が空くかと思った。あたしってそんなに可愛い？」

再び頭の中が白くなりかけた。

女の武器を使うには、この色気のなさは致命的ではないのか。本当にこの娘はくノ一なのか。これはやはり、どこかで手違いがあったとしか思えない。

「そなたは人を殺したことがおありか」

誠二郎は思い切って聞いてみた。なんのことかわからず、首を傾げる娘の姿を想像したが、娘は言いよどむことなく、「もちろん。それがどうかした？」と返してきた。

「いや……」

誠二郎は言葉を濁《にご》した。

「差し出がましいことを申した。気分を害されたなら、許されよ」

「別にいいけどね。それより……」

娘は箸を止め、誠二郎の顔をまっすぐに覗き込んできた。

言わずもがなの問いかけをしたせいで、女を怒らせてしまったかと思い、誠二郎は身をすくませた。

「その侍丸出しの喋り方、なんとかならない？　まるで里の長や佐野のおじさんと話してるみたい」

予想外の方向から突きを食らったような気分だった。「侍丸出し」と責められても、対処のしようがない。

「私は一応、侍なのだが」

「最初は、けっこうくだけてたくせに」

「あれは、そなたをこの宿の飯盛女だと思い込んでいたからだ。客人とわかれば、そうもいかぬ」

「だったら、里から来たなんて言わなきゃよかった」

たわけたことを抜かすな、と誠二郎は心の中で叫んだ。

いつ鬼のような男が姿を現すかと気を張り詰めている最中、わけのわからない女に居座られ、どれだけやきもきしたことか。あのまま更に埒《らち》のあかない会話を続けていたら、誠二郎の神経は擦り切れていただろう。

「なぜすぐに、告げてくれなかったのだ？」

責める口調にならないよう気をつけた分、恨みがましさがにじみ出てしまう。娘は肩をすくめ、ぺろりと舌を出した。

「ごめんね、試したの。どんな人か探るには、正体を隠しておくのが一番手っ取り早いでしょ？　男か女か、大人か子どもか、武士か町人かで態度を変える人って大嫌い。そんな相手だったら、知らん顔して、そのまま里に帰るつもりだった」

誠二郎は小さく息を呑んだ。

「私は、そなたのお眼鏡にかなったわけか」

「うん。女郎相手でも偉ぶらずに、きちんと相手をしてくれたよね。納得させようと必死になって、内証事まで明かしちゃうのはお間抜けだったけど——そんなところも兄上そっくりで、戻ってきてくれたのかと思ったくらい」

「兄上？」

「もういない。会いたくても会えない。四年前に死んだから」

「亡くなった？　流行り病か？」

娘はふいと横を向いた。どうやらそのことには、触れられたくないらしい。

そうと察した誠二郎は、「いろいろ辛《つら》いことがあったようだな」と言うに止《とど》めた。

娘の目が、再び誠二郎を捉えた。

「おじさん、優しいね。いつもそんななの？」

さすがに〝おじさん〟はないだろうと、誠二郎は軽く咳払いした。

「私はまだ二十歳《はたち》だ。おじさん呼ばわりは勘弁してくれ」

「じゃあ、なんて呼べばいいの？」

言われて、まだ名乗っていないことに気づいた。

「申し遅れた。私は真木誠二郎と申す」

「あたしのことはお美津《みつ》って呼んで」

「呼び捨てでもかまわぬのか？」

「兄上からはそう呼ばれてたの。兄上は一之進《いちのしん》という名で、あたしはいっちゃんって呼んでたんだ。だからおじさんのことは、せいちゃんって呼ぶね」

親からもちゃん付けされたことはないが、おじさんよりましかと、納得することにした。

「ねえ、せいちゃん。この白玉、美味《おい》しい。お代わりしてもいい？」

誠二郎は目を見開き、空になった数多《あまた》の膳を見渡した。

「正気か？　腹も身の内という言葉を知らぬのか」

「大丈夫。あたしはせいちゃんと違って育ち盛りだから」

「さっきから人を年寄り扱いしてくれるが、そういうそなたはいくつなのだ？」

「えーと、十六」

「嘘をつくな。せいぜい十二かそこらにしか見えんぞ」

「あ、当たり」

肩の辺りがずしりと重くなった。子守りは気疲れすると下女がこぼしていたが、なるほどこういうことか。

逆らうなという佐野の言葉を思い出し、仕方なく白玉を頼んだ。

それをたいらげて、美津はようやく満足したらしい。今度は、「ねえねえ、お腹がいっぱいになったら眠くなってきちゃった。先にお風呂に入ってきていい？」と言い出した。

また気をまわすのが遅れたが、こちらがどうもてなすかを考えるより先にあれこれ言ってくれるのは、ある意味楽ではある。

「ならば、女中に案内を頼もう」

「いいよ、下で聞くから」

そう言うと美津は、軽やかな足取りで部屋から出ていった。

入れ替わりに女中が入ってきて、空になった箱膳を片付けていく。

「こちらはどうされますか」

聞かれてふと見ると、銚子が載った一つの膳だけ、手つかずのまま残っていた。

美津は気を利かせて、誠二郎の分も頼んでくれていたのだ。膳の中に埋もれて、今の今まで気づかなかった。

「いや、そのままで」

「冷めてしまっていますが、取り替えましょうか」

それをするとせっかくの気遣いを足蹴《あしげ》にしてしまうような気がして、誠二郎は首を横に振った。

箱膳一つを残して女中が去ると、部屋が急に広くなった。さっきまでは、子どもが十人くらい部屋を駆けまわっていたような気がする。

十二のおなごというのは、あれほどにかしましいものなのか。それともあの娘だけが格別なのだろうか。

微かに聞こえてくる波の音を肴《さかな》に、誠二郎は冷えた酒を喉に流し込んだ。重く痺《しび》れた頭の芯を酒がほぐしてくれる。

　これほどに疲れているのは寝不足のせいばかりではない。美津の子どもっぽい仕草を前にして気が緩みかけるたびに、「いや、この娘は鬼と称される里の住人なのだ」と気を引き締める――その繰り返しに神経が疲弊したという感じだ。

　それにしても女の身で、しかもあの歳でと考えると、ことは尋常でない。

　金に困った親に売られたのかもしれないが、なぜ吉原や岡場所ではなく〝里〟だったのか。

　廓がいかに苦界《くがい》であろうと、年季さえ明ければ足を洗える。だが人を殺した者には後がない。たとえ上様の御下知で為す御役目であっても、一生を日陰の身で終えることになる。

　自分はいい。部屋住みとして、穀潰《ごくつぶ》しの人生が決している身だ。たとえ裏からでも幕府を支えることができるのであれば、武士として本望だと納得している。だが未《いま》だ未来の定まっていない子どもに、そのような汚れ仕事を押しつけるのは、外道《げどう》の所業ではないか――。

　そんなことを考えているうちに、眠ってしまったらしい。

息苦しさを覚え、闇の底から引き上げられるようにして目が覚めた。

身体が重い。胸の上に何かが乗っている。

天井は闇に溶けていた。その中で目の前の塊りだけが、行灯《あんどん》の灯影を受けて白く浮かび上がっている。

物《もの》の怪《け》かと思い、誠二郎は目を凝らした。

白い塊《かたま》りは、素肌の上に夜着を羽織った美津だった。

誠二郎は甲高《かんだか》い悲鳴を上げて跳ね起きた。胸の上から転げ落ちた美津はひっくり返ったまま、「あ、びっくりした」と呟《つぶや》いた。

「それは俺の台詞《せりふ》だ。襲う気だったのか」

「あ、その喋り方、最高」

「話をそらすなッ」

「うたた寝してるから、起こそうとしただけだよ」

「人を起こすのに、いちいち身体の上に乗るのか？　猫か？　そなたは」

「じゃあせいいちゃんは、猫も容赦なくぶん投げちゃうんだ。そんな冷たい人だとは思わなかった」

「猫一匹の重さなら我慢する。だが十匹に一度に乗られたらどうなると思う？　押し潰《つぶ》されて死ぬかと思ったぞ」

怒鳴っているうちに、自分でも何を言っているのかわからなくなってきた。

「もういい。俺も風呂に入ってくる。お前は先に寝てろ」

「うん、それそれ。そなたより、お前って呼ばれたほうが嬉しいかも」

誠二郎は答えず、ぴしゃりと襖を閉めた。

あれを連れて京まで旅をするのかと思うと、酒のおかげでほぐれていた頭が、また痛みだしてきた。

尻尾が分かれた化け猫に、頭から食われるのではないかという心配はせずにすみそうだが、誠二郎が鼠であることに変わりはない。

何事においても、考えすぎて悲観的になってしまうのは、誠二郎の悪い癖だ。取り越し苦労かもしれないが、相手が子猫だと、それはそれで別の苦労を背負い込みそうな気がしてくる。

――いや、泣き言は言うまい。あの娘を京まで送り届けることが、俺に与えられた御役目なのだ。なんとしてでも立派にこなして、佐野様の期待に応えてみせる。

湯舟の中で決意を新たにし、誠二郎は部屋に戻った。

すでに部屋は片され、掛け行灯を挟んで、二組の夜具が並んでのべられていた。

美津はすでに眠っているようだ。

誠二郎は空いている布団のほうに身を横たえ、長い息を吐いた。

ゆっくりと湯に浸かったおかげで、身体は芯から温もっている。長い一日だったが、今夜はぐっすりと眠れそうだ。そう思いながら目を閉じた時、「おじゃまさんどすえ」と声がして、美津が横に潜《もぐ》り込んできた。

誠二郎は再び悲鳴とともに跳ね起きた。その勢いで尻もちをついた美津は、「ひどい。今度はちゃんと挨拶したのに」と頬を膨らませた。

「ふざけるな。夜這《よば》いには百年早いぞ」

「腕枕をしてもらおうと思っただけだよ」

誠二郎は大きく息を吸い込み、美津に向き直って布団の上で正座した。

「いいか。俺は男で、お前は一応、女だ」

「〝一応〟は、いらないと思う」

「黙って聞け。本来ならこんなふうに隣り合って眠ることも、お前は嫌がってしかるべきなんだ。それをこともあろうに、お前のほうから男の布団に忍《しの》んでくるとは何事だ」

美津は目を丸くした。

「布団の上でお説教を始めた人って、せいちゃんが初めて」

「ということは、これまでも御役目のたびに、こういうおかしな真似をしていたのか？　無防備すぎる。いくらお前が子どもでも、由々しき事態になることは、あり得るのだぞ」

「里から来たって知りながら、ちょっかいを出してくるような馬鹿はいないよ」

ひやりとするものを感じて、誠二郎はわずかに身を引いた。

「あ、でもないか。一人だけいた」

「……で、どうしたんだ？」

「頭にきたから、両耳を斬り飛ばしてやった」

誠二郎は思わず耳を押さえた。

「腕枕を断れば、俺の耳も飛ばすつもりか？」

美津は上目遣いに誠二郎を見やり、「うーん、どうしようかなぁ」と不気味な呟きを漏らした。

これも御役目の内かとあきらめ、誠二郎は腕を伸ばした。美津が飛びつくように頭を寄せてくる。

「兄上もね。いつもこんなふうに、腕や胸を貸してくれたんだよ」

美津の声は弾《はず》んでいた。

「仲のよい兄妹だったのだな」

腕の中で美津が、大きくうなずくのがわかった。

兄代わりになることで美津が満足するのなら、拒絶する理由はないかもしれない。少なくとも、太鼓持ちや女衒《ぜげん》の真似事に比べれば、惨《みじ》めな思いだけはせずにすむ。

ふと気がつくと美津は、誠二郎の腕の中で、心地よさげな寝息を立てていた。


翌朝は、昨日までの曇天が嘘のように、すっきりとした冬晴れになった。

絶好の出立日和《しゅったつびより》だ。

宿の井戸端へ出向いて顔を洗い、部屋に戻って間もなく、朝の膳が運ばれてきた。

美津は早々に膳の前に座り込み、ご飯のお代わりと食後の白玉を、女中に頼んでいる。

「朝からどれだけ詰め込む気だ？　里とやらには食い物がないのか」

「ご飯と汁とおかずが一品」

「十分だろ。俺だって似たようなもんだ」

「おやつもお代わりもないんだよ。ぜんぜん足りないよ。勝手に外に出られないから、楽しみは食べることだけなのに」

「お前にとって御役目とは、食い溜《だ》めをすることなのか？」

昨夜の繰り返しだった。言葉を交わせば交わすほど、美津がただの子どもに見えてきて始末に困る。

その時廊下から女中が、「佐野様のお使いという方がお見えです」と声をかけてきた。誠二郎はすぐさま、「お通ししてください」と返した。

「宿のご飯を狙《ねら》ってきたのかな」

「滅多なことを申すな」

「どうせむさいおじさんだよ。そんな顔を見ながら食べてたら、せっかくの煮ころばしが不味《まず》くなっちゃう」

「声が大きい。聞こえるぞ」

言い合っている最中に襖が開き、鴨居に頭が届きそうな大男が、のそりと部屋に入ってきた。

顔の半分が髯《ひげ》に覆われ、ぎょろりと大きな両の眼で部屋を眺めまわすさまは、誠二郎が思い描いていた〝里の鬼〟そのものだ。

誠二郎は膳の前から離れて座り直したが、美津は箸を持つ手を休めようとしない。袖を引っ張ってたしなめようとした誠二郎に大男は、「よい、気を遣うな」と告げ、二人の向こう前に腰を下ろした。

振る舞いは堂々としていて、右脇に置いた大刀は、どう見ても業物《わざもの》だ。

「和田彦左衛門《わだひこざえもん》と申す」

和田は丁寧に名乗った後、誠二郎と美津を交互に見やった。

「つつがなく朝を迎えられたようで何より。ついては路銀と美津の女手形じゃ。受け取るがよい」

「路銀なら十分に頂いておりますが」

「旅では金で片が付くことも多い。この者が食べすぎで動けなくなれば、医者の世話になることもあろう。多くある分には困らぬ。取っておくがよい」

どうやら美津の気性は先刻承知らしい。手綱を操りながら美津を京まで送り届けるのであれば、いかにも手練《てだ》れで古株の和田のほうが、自分より適任のように思える。

「一つ、お聞きしてもよろしいでしょうか」

「拙者が心得ることなれば」

「私はこれまで御役に就いたことがなく、裏目付がいかようなものか、何も知らぬ新参者です。そのような私が、なぜ此度のような大切な御役を仰せつかったのでしょう。本当に私でよいのか、なぜ私などが選ばれたのか、どうしてもわかりませぬ」

和田は小さくうなずくと、一心不乱に飯を頬張っている美津に目を向けた。

「お主は、供をするのが拙者でもかまわぬか？」

美津は茶碗を傾けたまま、「わらのおじしゃんは、もじゃもじゃ男らから嫌い」と、もごもごしながら答えた。

和田は苦笑しつつ、視線を誠二郎に戻した。

「これこの通り、気のいい娘だが、ちとわがままでな。気に染まぬ者を供につけると、臍《へそ》を曲げてしまうのじゃ。一日二日であればごまかしも利こうが、長旅ではそうもゆくまい」

答えになっていない、と誠二郎は思った。これではまるで誠二郎も含めた全員が、美津の太鼓持ちになっているかのようだ。

「子どもとはいえ、仮にも公儀の御役目なのですから、わがままな言動はたしなめるべきかと存じますが」

「無理強いをすれば、鬼が目覚める」

和田は静かに呟き、再び視線を美津に向けた。

「ひとたびそうなれば、美津を制することができる者は、一人もおらぬ」

「は？」

恐れをなしているような声色に、誠二郎はきょとんとした。

「口で申してもわかるまい」

言葉を切るや、和田は片膝立って、脇差《わきざし》を抜き打った。刃は美津の首を横一文字に薙《な》ぎ払い、次の瞬間には鞘《さや》に納まっていた。

首が飛んだと思った。

宙に噴き上がる血しぶきまで見えたような気がした。

――半ば、気を失っていたかもしれない。

鍔鳴りの音で、誠二郎は我に返った。

美津は上体を箱膳の上に被《かぶ》せ、さっきよりも頭一つ低い姿勢のまま、せっせと魚の身をほぐしている。

「見えたか？」

居住まいを戻した和田が、誠二郎に問う。

剣筋のことか、美津の動きか。

一瞬のことで、どちらも誠二郎にはわからなかった。

「これが、美津の才じゃ。拙者は居合を得意とし、抜きがけの初太刀を仕損じたことはない。得物《えもの》が脇差であっても、間合いに入っていれば一刀で首を落とせる。だが美津の目には、今の拙者の抜き打ちも止まって見えるらしく、難なくかわしてしまう」

誠二郎は声もなかった。

「鍛《きた》えて会得《えとく》できるものではない。聞けば美津は生まれながら、そうした目を持っていたという。天賦の才に加え、里で刺客の技を仕込まれた美津は、まさに鬼に金棒。御役目において、この者が的を仕損じたことは一度もない。そなたが供をする相手は、たっぷりと人の血を吸った抜き身の刀じゃ。さよう心得よ」

重々しく告げた後、和田は頬を緩めた。

「なれど佐野殿が、これと見込んだだけのことはある。どうやら美津は、お主をいたく気に入った様子。扱いは難しいが、裏表のないさっぱりしたおなごじゃ。気持ちが通じれば、御することはたやすかろう。気張って御役目に励まれよ」

励ましとも脅しともつかない言葉を残して、和田は腰を上げた。

襖が静かに閉じられる。

「やっと帰った。あの髯面を見てるとむかむかして、食欲がなくなっちゃうよ」

それまで我関せずを決め込んでいた美津が、さっそく毒舌を叩き始めた。

「そう申すわりには、箸の動きを止めておらなんだようだが」

「あ、また変な喋り方に戻ってる」

煮豆を口に放り込みながら、美津は声を尖《とが》らせた。

誠二郎はまじまじと美津をみつめた。

「よく食い物が喉を通るものだ。私はまだ、足が震えておるぞ」

「さっきの？　あれくらいでおたおたしてたら、里では一日も暮らせないよ」

そのひと言で、美津の日常がうかがえた。

「そなたはこれまで、数多の場数を踏んできたのだな」

「まあね」

「それに引き換え私は、修羅場をくぐったことは一度もない。そんな私が供をしても、足手まといになるだけではないか？」

「心配しなくても、佐野のおじさんの仲間になったんなら、これから何度もくぐることになるよ」

美津はさらりと、怖いことを口にした。

「そうなるのか？」

「でも大丈夫。せいちゃんはあたしが守るから」

胸を張って言い切る美津を前に、誠二郎はうなだれた。

和田のような偉丈夫からそう言われたのなら、素直にうなずける。だが自分は仮にも男だ。ならばやはり、おなごを守る側に立ちたいと思ってしまう。

――だが今の俺は、それを口に出すことすらできない。両刀をたばさむ身でありながら、腰の物は飾りか……。

宙を走る白刃《はくじん》のきらめきを見ただけで気を失いかけた自分を思い出し、誠二郎は居たたまれなさのあまり、美津の顔から目を背けた。

三

昼四つに、品川宿を後にした。

播磨屋の番頭が、美津の為に手甲《てっこう》と脚絆《きゃはん》を用意してくれたので、二人揃って旅人らしい姿になった。

空気は澄み切っていて、凪《な》いだ海原の彼方《かなた》に横たわる房総の陸地がくっきりと見渡せる。

六郷の川を渡し舟で越え、舟会所の前を通り過ぎたところで、「この先に美味しい料理屋があるよ」と美津が言った。

「昼には少し早いが……」

「歩いたらお腹がすいた」

誠二郎はうなずいた。

自分は美津の茶坊主なのだ。太鼓持ちは主人に逆らってはならない。

そのまま進むと、「万年屋《まんねんや》」という飯屋が見えてきた。思っていたよりも大きな店構えで、昼前だというのに大勢の旅人で賑わっている。

仕切りのない広い座敷に上がって周囲を見まわすと、そこが奈良茶飯で有名な店だとわかった。本来は茶飯に汁と煮染め等のおかずがついただけの素朴な献立だが、精進料理に興味のない旅人向けに、他の料理も取り揃えてあった。

誠二郎は奈良茶飯だけを注文したが、美津は茶飯はもちろん、焼き魚から刺身の盛り合わせまで、手当たり次第に頼みまくっている。

「ここへは、来たことがあるのか？」

勝手知ったる様子の美津を見て、誠二郎は尋ねた。

「小田原宿までなら目を瞑《つむ》ってても案内できるよ。鶴見には名物のお饅頭屋《まんじゅうや》さんがあるから、そこでおやつにしようね」

「食い物で道順を覚えているのか？　そなたらしいな」

「うん。次の神奈川宿はすぐ下が漁師町だから、魚料理がお薦め。小田原は塩辛かな」

　お茶で炊いた飯は香ばしく、食欲のさほどなかった誠二郎も箸を運ぶことができた。美津の前にある茶碗は、早くも空になっている。

「茶飯のお代わりをするか？」

　誠二郎が聞くと、美津は首を傾げて誠二郎の顔を覗き込んできた。

「せいちゃん、どうしたの？」

「何が」

「昨日は、あたしがお代わりするたびに目を剝いてたのに」

「そなたのすることに、一切止め立てはせぬと決めた。存分に食せ。動けなくなったら、駕籠を呼んでやる」

「そんな物分かりのいいせいちゃんなんて、つまんないよ。あたしのことも〝そなた〟呼ばわりに戻っちゃってるし」

　言われて初めて気づいた。だがそれは当然のことだろうと、誠二郎は思う。

目の覚めるような和田の抜き打ちを、美津は箸を止めることなくかわしてみせた。

自分には到底成し得ない力量を目の当たりにして、卑屈にならないほうがおかしい。

美津のまっすぐな視線から目を逸《そ》らし、誠二郎は力なく息を吐いた。

「自分の身の程をわきまえたが故に」

「身の程?」

「此度のことでお声をかけていただいた時、佐野様は私の剣を褒めてくれた。目録程度の腕なのに持ち上げすぎだろうと訝《いぶか》りながらも、たった一つの取り柄である剣術で引き立てられたことが嬉しかった。だが違った。佐野様が私に目を留めた理由はただ一つ――そなたのお気に召しそうだという、一点のみだった」

「不満?」

「いや、気に入ってもらえたことは、素直に嬉しい。だが剣客として、そなたの足下にも及ばぬとわかった以上、潔く太鼓持ちに徹するしかあるまい」

美津はようやく納得顔になった。

「だから元気がないんだ。要するに、武士としての矜持を見失っちゃったわけね」

誠二郎は肩を落とした。

――どこまでいっても役立たず。

その思いがしこりとなって胸の底に沈んでいる。

「でも武士だからって、刀を振るうだけが能じゃないでしょ？　兄上も、抜かずにすむならそのほうがいいんだって、いつも言ってたよ」

誠二郎は目を見張った。

「そなたは武家の出か？」

「一応ね。でも里であらくれ者たちに揉《も》まれてるうちに、武家の心得も礼儀も忘れちゃった」

態度や話し方から、てっきり町家の娘だろうと思っていただけに、意外だった。

「いったい何があったのだ？」

美津は唇を引き結んだ。それについては話したくないらしい。美津が進んで口に上らせるのは、兄のことだけだと、誠二郎は察した。

「一之進殿は、剣は達者だったのか？」

「どこかの道場に通ってたけど、強かったのかどうかはわかんない。争いごとが嫌いで、野良犬に吼《ほ》えかけられても、ごめんって頭を下げてたから」

さすがの誠二郎も、犬に背を向けたことはない。そんな誠二郎の顔つきを読んだのか、美津はすかさず言葉を続けた。

「兄上が犬にも頭を下げてたのは、芯から強くて優しかったからだよ。たとえ噛みつかれても、兄上は犬を傷つけたくなかったの」

その様を思い描いて、誠二郎は頬を緩めた。

「似ていると申したが、私よりずっといい男ではないか」

「でしょ」

「だがそなたを守る為なら、一之進殿は刀を抜いたのではないか？」

美津は皿の上に顔を伏せた。焼き魚の残りを片付けているのだろうと思った誠二郎は、その表情が強張っていることに気づかなかった。

「私もそうだ。生来の臆病者で切った張ったは苦手だが、いざという時はためらわず刀を抜ける男でありたい——そう思っていた」

それも今日の朝までのことだ。

「だが実際には、あの体たらくだ。目の前でそなたが斬りつけられながら、指一本動かせないようでは話にならぬ」

太平の世では刀を抜く行為は危険思想とみなされる。一生抜刀せずに過ごす剣士も珍しくない。だが二本差しと威張っていられるのはなぜだ。いざとなれば刀を取って、主君や女子どもの為に戦うことができるからではないのか。

「堂々と刀を抜けるようになったら、元気が出るの？」

皿から顔を上げた美津が、誠二郎の顔を覗き込んできた。

「そうだな。少なくともそなたに、『どれだけ食う気だ』と怒鳴る程度にはなれるやもしれぬ」

美津は大きく頷《うなず》いた。

「わかった。じゃあ明日から頑張ろ」

「何を？」

「剣の稽古に決まってんでしょ。元気のない太鼓持ちなんか、うっとうしくて見てられないよ。それに里の長から聞いた話だと、京では毎日血の雨が降ってるって。そこに乗り込もうっていうのに刀も抜けないようじゃ、試し斬りの藁《わら》人形にされかねないもんね」

美津がまた、怖いことを口にした。

「京の町は、そんなに物騒なのか？」

「もうずっと前からね。せいちゃんには兄上みたいになって欲しくな……」

言い差して美津は、続く言葉を呑み込んだ。

「兄上？」

「なんでもない。向こうに着くまでに、いっぱしの遣い手になっておこうね、って話」

さらりと言われて、誠二郎は面食らった。今朝から落ち込み、悩み続けていたそれは、「なっておこうね」のひと言で片付く程度のことだったのか。

「簡単に言うが、竹刀と刀では、勝手が違うだろう？」

「大丈夫、あたしが教える」

「そなたが？」

「不服？」

「私はそなたのような、天賦の才は持ち合わせておらぬぞ」

「そんなことないよ。あたしくらいの達人になるとね、立ち居振る舞いを見ただけで、どれほどの技量かわかるの。せいちゃんは筋がいいよ。佐野のおじさんも、その辺を見抜いたから、せいちゃんに声をかけたんじゃないかな」

「そうか?」

昨日までの誠二郎なら、子どもに励まされて身を乗り出してしまう自分を、情けなく思っただろう。だが美津の剣才を知った今は、素直にその言葉にすがりつける。

誠二郎は膳の前にかしこまり、両手を膝の上に置いた。

「面倒をかけるが、よろしく頼む。教えを乞うに当たって、そなたの流派を聞いておいてよいか。私は宗方道場門下、小野派一刀流目録だ」

美津を師と認め、礼を尽くしたつもりだった。だが美津は「えーと」と呟いたきり、箸をくわえて天井をみつめている。

「あたしは……えーとね、お美津派一刀流、免許皆伝」

返ってきた答えを聞いて、誠二郎は的外れな問いかけをしたことに気づいた。

美津が里で仕込まれたのは「刺客の技」だと、和田も言っていたではないか。流派にこだわるのは、誠二郎が未だ道場剣に囚《とら》われている証拠だ。

誠二郎は膝を崩したついでに、「俺は初弟子になるんだな」と、口調も崩して言い添えた。

途端に美津は顔を輝かせ、勢いよく首を上下させた。

鶴見で米饅頭《よね》を食べ、八つ過ぎに神奈川宿に着いた。

隠れ宿の目印は、軒先に下がる瓢箪だと教えられていた。街道を進むうちに「吉田《よしだ》屋《や》」という宿でそれをみつけ、暖簾をくぐった。

草鞋《わらじ》を脱ぎながら誠二郎は番頭に、「剣の稽古をしたいのだが、人目に触れない場所はあるか」と聞いてみた。

「それでしたら裏手の林の中がよろしゅうございます。そちらへは、宿の者も滅多に足を向けませんので」

余計な詮索は一切せず、番頭は答えた。

日のあるうちにと、誠二郎は美津を急かして宿の裏口から外に出た。

裏庭は広く、一画にこぢんまりとした林があった。まばらに立つ木々の間から、白波の立つ海が見渡せる。

海の端が暗くなりかけていたが、空から光がなくなるまで、まだ半刻ばかりありそうだ。

「じゃあ始めよっか」

美津の指示に従い、誠二郎は足場を決めて柄《つか》を握った。

「はい、そこまで」

すかさず声が飛んでくる。

「抜く時は、先に鞘の鍔口を持つの。柄に手をやるのは鯉口《こいぐち》を切ってから」

抜刀に順番があるのかと、誠二郎は目を白黒させたが、ともかくも言われた通りにやってみた。

「はい、そこまで」

再び美津が声を上げた。

「真上に抜いてたら胴ががら空きになるでしょ。鞘を寝かせて、刀は水平に、前に向かって抜くの」

寝かせて、前へ――。

「そんなに怖々と抜いてちゃ駄目。抜く時は素早く、納める時はゆっくりが、抜刀の基本だよ。はい、もう一度」

抜く時は素早く――。

「抜いて終わりじゃない。抜いたらすぐに構えを取らなきゃ。はい、もう一度」

刀を抜くというそれだけのことで、時間を取られるとは思わなかった。

竹刀や木刀では、鞘から抜くという行為はない。右手に提げていた竹刀を、両手で構え直すだけだ。手順を違えたところで、いくらでも仕切り直せる。

だが真剣の場合は、相手と刀を合わせる前から勝負は始まっている。抜く動作の一つ一つに意味があり、鯉口を切るのがひと呼吸遅れるだけで、取り返しのつかないことになるのだと、美津の目は語っていた。

ようやく美津から認許を受けた時には、足下まで闇が下りていた。

「じゃあね、今日はここまで」

「もう少し。素振りだけでも」

「やだよ。お腹すいた」

必殺の文句だ。このひと言が出たら従うしかない。

誠二郎は鞘に納めた大刀を腰から抜いた。途端に膝から下がずしりと重くなった。張っているのは筋肉だけではない。全身の神経が、針金のように硬く強張っている。

――これが、真剣を扱うということか。抜くだけでこれほど疲れるのなら、素振りなどしたら寝込んでしまうのではないか。

考えすぎだとは思わなかった。それほどに誠二郎は、疲労困憊《こんぱい》していた。


翌朝、夜がまだ明けやらぬうちに、誠二郎は寝床の中で目を開けた。

美津が懐に潜り込むようにして寝息を立てている。

誠二郎は慎重に身を起こし、眠りこけている美津を残して、そっと布団から這い出した。


外に出ると闇は薄くなっていたが、林はまだ黒々とした影のままだった。

構わず誠二郎は林の中に踏み込み、足場を探して抜き方のおさらいをした。その後、得意の正眼《せいがん》に構えてみる。

――重い。

支えているだけで、抜く時とは違う力を要した。

素振りは竹刀や木刀で、数えきれないくらい繰り返している。握っているのが真剣でも動作自体は同じだろうと考え、上段から振り下ろしてみた。

竹刀は空気の壁にぶつかるが、刀は自らの重みで空気を切り裂いていく。

抵抗がまったくなく、動きが止まらない。

誠二郎は刀を放り出して飛び退《の》いた。

すんでのところで自分の足を斬るところだった。

――なんだ、今のは。

誠二郎は束の間呆然《ぼうぜん》として、地面に転がっている刀をみつめた。

――力の入れどころを間違えているんだろうか。

刀を拾い上げ、もう一度構えてみた。

振る時よりも、止める時に力を込めた方がよさそうだ。

そう考えながら、そろりと下ろしてみる。

今度はきちんと止まったが、なんとも心許《こころもと》ない。

「そんなへっぴり腰じゃ、霞《かすみ》も斬れないよ」

いきなり背後から声がした。振り返ると美津が、起き抜けの顔で立っていた。

「もう朝餉《あさげ》の時間か？」

「そうだけど、切りのいいところまでやんないと、収まりがつかないみたいね」

美津は誠二郎の横にまわると、前のめりになりすぎだと言った。

「刀の重さも含めて、自分の身体だと思うの。そうしたら重心はもっと後ろにくる筈だよ」

正眼に構えたまま、刀の重さを意識してみる。浮いていた踵《かかと》が、自然と地に着いた。

「重心が決まれば、刀は軽く感じる筈なの。どう?」

確かにさっきまでは刀に引っ張られていたが、今は腕の延長のようだ。そのまま刀を振り下ろした。今度はぴたりと止まる。

「ね。足と腰が決まってたら、竹刀を振るのとおんなじ」

誠二郎は頷き、八双《はっそう》の構えを取ってみた。

袈裟《けさ》懸《が》けに振り下ろすと、刀がいきなり重くなり、足がよろけた。

「腕と刀の動きがばらばらになってるよ。そうなると重心がぶれて、刀の重さに負けちゃう」

その言葉を頭に刻み、再び構えを取った。

斜めに振り下ろす。

軽い。

腰が据わっていると、いくらでも速く振れる。

もう一度――。

「そろそろご飯にしようよ。それとも、今日一日そうしてる？」

勘所をつかんだような気がした。忘れないようにもっと振っていたかったが、出立を遅らせるわけにはいかない。

誠二郎は名残《なごり》惜しく思いながら、刀を鞘に納めた。


部屋に戻ると、すでに朝餉の支度が整えられていた。

膳と膳の間にお櫃《ひつ》が置かれているのを見て、誠二郎は首を傾げた。

「なんでこんな物が部屋にある？」

「起きてすぐに稽古をしたら、お腹が空っぽになるでしょ？　だからお櫃ごと持ってきてって頼んでおいたの。何度もお代わりを頼むのは面倒だと思って」

「それにしても、お櫃丸ごとは多いだろう」

「いいの。残った分は握り飯にしてもらうから」

「握り飯？」

「道中に竹林があったら、そこで稽古をするつもり。そうしたら、お腹がすくでしょ？」

「竹林？」

「そう。竹を斬るのは難しいよ。すっぱり斬れるようになったら一人前かな」

喋りながら美津は、早くも二杯目をよそい始めた。それはいいとして、しゃもじを持つ手がぎこちなく、盛るそばから飯粒がぽろぽろとこぼれている。

見ているうちに我慢ができなくなった誠二郎は、「ええい、貸せ」と怒鳴ってしゃもじをひったくった。

「しゃもじは水平に持つな。一度に盛ろうとするな。最後にしゃもじを立てて形を整えろ」

手早く茶碗に飯をよそっていると美津が、「慣れてるね」と呟いた。

「これくらい普通だ。飯炊きだってできるぞ」

「せいちゃんは絶対、刀よりおしゃもじのほうが似合うよ。人には向き不向きがあるのに、なんで裏目付になんかなっちゃったの？」

誠二郎は憮然《ぶぜん》とした。

刀よりしゃもじが似合うと言われて、喜ぶ侍はいない。

「しゃもじで御公儀のお役に立てるなら、喜んでそうしている。部屋住みの俺は、佐野様にお声をかけていただかなかったら役立たずのままだった。そなたこそ、刀よりお手玉が似合う歳だろう。どうして里になど入ったのだ？」

美津は目を瞬いた。

「そっか。誰にだって、それが生きる上でのすべてだ、ってものはあるよね。負わされた荷物が重いからって投げ捨てたら、そこから先へは進めない。せいちゃんが、おしゃもじより刀を選んだように、あたしもあきらめずに頑張らなきゃ」

何を言わんとしているのかさっぱりわからなかったが、美津は一人でうんうんと納得している。

誠二郎にとって、武士であることは確かに重荷かもしれない。では美津はその歳で、いったい何を背負っている？

誠二郎が言葉を発しようとするより先に、美津はお櫃を抱えて立ち上がった。

「ごちそうさま。これ、台所に持っていくね」

そう言って、くるりと背を向ける。とてもではないが、改めて問いかけられるような雰囲気ではない。

誠二郎は仕方なく、茶碗に残っていた飯をかき込み、出立の支度をする為に腰を上げた。


風は冷たいが、今日も眩《まぶ》しいほどの日射しだった。

この先しばらくは、田畑と山に囲まれた街道を進むことになる。歩くほどに、高輪から道連れとしていた潮の香りが薄れ、代わりに土の匂いが濃くなってきた。

宿場と宿場を結ぶ街道筋には、ほどよい間隔で茶店が並び、好きな時にひと休みできる。

山道に入る前に、誠二郎は山間《やまあい》の茶店に入った。

旅人や近在の百姓で賑わう中に、三人連れの浪人がいた。三人ともが、値踏みをするような目で美津を眺めている。

長居は無用と感じ、茶漬けで腹が膨らんだところで早々に席を立った。

いつものように店の者に巾着を渡し、入用の金を取ってもらう。

茶店を出てしばらく歩いたところで美津が、「昨日も思ったんだけどね、せいちゃんの勘定の仕方、なんとかならない？」と文句をつけてきた。

「何が？」

「お店の人に巾着ごと渡しちゃったら、中にいくら入っているのか、周りから丸わかりだってこと」

「武士は人前で銭を数えるな、と教えられてきたのだが」

「江戸市中ならいいよ。でも旅に出たら、そこら中に胡麻《ごま》の蠅《はえ》がぶんぶん飛んでるんだから。あれじゃあ砂糖水を撒《ま》き散らしてるようなもんだよ」

「もう少しましな譬《たと》えはないのか」

「尾《つ》けられてるよ」

「え？」

「さっきの茶店にいた浪人。あたしたちが店を出た時から、ずっとついてきてる」

思わず振り返ろうとして、美津に止められた。

「あたしたちが気づいてるとわかったら、用心させちゃうでしょ。知らん顔してて」

そう言われても、不穏《ふおん》な空気に背中を押されているような気がして、走りだしたくなってしまう。対して美津の歩調は、追いつくのを待っているかのように緩やかだ。

「撒《ま》かなくていいのか？」

相手に聞こえる筈はないとわかっていたが、不安のあまり声が小さくなった。

「この山道を、か弱い女の足で逃げ切るのは無理だと思うよ」

「この局面で、よくそんな冗談が言えるな」

「冗談ですむならいいけどね。仕方ない。ちょっと早いかもしれないけど、実戦いってみる？」

「実戦？」

誠二郎の問いかけには答えず、美津は街道を外れて脇道に入っていった。

そちらにはひと気がまったくない。

奥へ進むにつれて道は次第に狭くなり、やがて空き地のような場所で行き止まりになった。その先は獣道しかないことを見て取り、美津は足を止めた。

「もう振り返っていいよ」

美津に囁かれ、誠二郎は身体の向きを変えた。

誠二郎と向き合う形になっても、浪人たちは動じなかった。いずれも総髪で、着流しの裾を端折《はしょ》り、荒《すさ》んだ雰囲気を漂わせている。

「ほう、近くで見るといっそういい女ではないか」

浪人の一人が遠慮のない声を上げた。

「このような寂しい場所に入り込んで、いかがした？」

「楽しいことをするつもりだったのではないか」

「独り占めとはけしからん。わしらもご相伴《しょうばん》させていただこうかの」

声高に揶揄《やゆ》しながら、三人は悠然と近づいてくる。

誠二郎がまごついていると、後ろから美津に、「はい、せいちゃん。出番」と背中を押された。

「なんだと？」

「真剣を使えるようになりたい、って言ったのはせいちゃんだよ。刀ってのは人斬りの道具なの。まさか、その覚悟はなかった、なんて言わないよね」

斬られる覚悟ばかりしていて、斬るほうにまわることは考えてもいなかった。だがここでそんな弁解をしても始まらない。

誠二郎はおぼつかない手つきで鞘を握り、鯉口を切った。それを見て、浪人たちもいっせいに刀を抜く。

正眼に構えながら、誠二郎は歯を喰いしばった。どんなに強く柄を握りしめても、切っ先の震えを抑えることができない。

「金物の味を知らぬ若造が、我らに刃を向けるとは、笑止」

三人とも構えはいい加減だが、誠二郎と違って余裕があった。嘲《あざけ》るような笑いを浮かべながら、じわりと間合いを詰めてくる。

目の前の男の剣先が、わずかに揺れた。

――くる。正面から、突きだ。

流れを読むことはできた。道場での仕合いなら、半歩足を引いてかわすと同時に、面を打ち込むところだ。

だが誠二郎は動けなかった。

ぎらつく白刃を目にした時から、足も腕も固まってしまっていた。

棒立ちになっている誠二郎めがけて、浪人の腕が伸びてくる。その瞬間、誠二郎は背後から突き飛ばされた。

相手の切っ先が、誠二郎の喉元をかすめた。

かわされてたたらを踏む浪人の胴を、いつの間にか誠二郎の脇差を引き抜いた美津が斬り抜ける。そのまま美津は、今しも刀を振り下ろそうとしていた二人目の男の首を払い、左側にいた男の胸を突いた。

誠二郎が「お美津ッ」と叫んだ時には、すべてが終わっていた。

一陣の風が吹き抜けたようだった。美津は地面に転がった三人の身体を、動かない瞳で眺めている。

——鬼の目だ。

誠二郎は瞬きもできないまま、立ちすくんだ。

見据えられただけで、こちらが石と化してしまいそうになる——人の命を奪った者の眼差し《まなざ》し——。

少し前から鳴くのをやめていたヤマガラやシジュウカラが、ひと呼吸おいて、再びさえずりはじめた。それを待っていたかのように、美津の目が光を取り戻していく。

美津は懐から取り出した懐紙で刃を拭い、未だ中段で構えたままの誠二郎の前に脇差を差し出した。

「久しぶりに、お美津って呼んでくれたね」

そう言って誠二郎を見上げる美津の瞳は、くりくりとよく動く、いつもの子どもの目だった。

誠二郎はようやく我に返り、大刀を鞘に納めて脇差を受け取った。

血曇りのしている刀を見るのは、もちろん初めてだ。

吹き返しの風は、血の臭いを含んでいる。

気を失わずにいるだけ上出来だなと、ぼんやりした頭で思った。以前の誠二郎なら、間違いなくこの場で卒倒していただろう。

「すごいな……」

ようやくの思いで、それだけを口にした。途端に美津は、眉を吊り上げた。

「感心してどうすんの。真剣の勝負は初めてだったとしても、せいちゃん、怖がりすぎ。三人とも人を斬り慣れてるみたいだったけど、腕はたいしたことなかった。もし道場で立ち合ってたら、せいちゃんの敵じゃないよ。なのに足運びも剣の捌き方も、彼方《かなた》に飛んじゃってたでしょ。あれじゃあ、小野派一刀流の目録が泣くよ」

誠二郎はこうべを垂れた。

「面目ない」

「まあ、せいちゃんが思い切り怖気《おじけ》づいてくれたおかげで、三人とも楽に仕留められたんだけどね。相手を見くびると、自ずと隙《すき》が生まれるの。せいちゃんも覚えておいたほうがいいよ」

見くびる心境になれるのは、曲がりなりにも腕に覚えがあるからだろう。今の誠二郎に、そんな余裕はとてもない。

うなだれたまま誠二郎は、三つの死体に目をやった。

「道中奉行に届けないとな」

「次の宿で番頭に言えばいいよ。佐野のおじさんは、あたしの尻拭いには慣れてるから」

不意に和田と佐野の物言いが、耳元によみがえった。

——鬼を巷に放つも同然。

——そなたが供をする相手は、人の血をたっぷりと吸った抜き身の刀じゃ。さよう心得よ。

声を払って歩きだそうとした時、横にいた美津の姿がふっと消えた。何事かと目を向けると、美津が血の気のない顔をして、地面にへたり込んでいた。

「どうした？　怪我でもしたのか？」

慌てて誠二郎は、美津の前に屈《かが》み込んだ。

「怪我はしてないけど……人を斬った後って、すごく疲れるんだよね。なんだろ、これ。魂を喰われたみたいな感じ……？」

誠二郎は息を呑んだ。

どこかで聞いたことがある。殺生という業《ごう》は、その者の命を蝕《むしば》むと。

美津が里の者になった経緯《いきさつ》は知らない。親の事情か、人買いにさらわれたか――いずれにしろ美津は、人を殺《あや》めるたびに自らの命を削っている。

「後でそんなに辛くなるとわかっているのなら、腕か足を斬るだけにしておいたらどうだ。御役目で命じられた相手は仕方ないとして、今みたいな連中の為に命を削《けず》るのは馬鹿馬鹿しいだろう？」

美津は息を吐いて、力なく首を振った。

「『いったん刀を抜き合ったら、斬るか斬られるかだ』って、里の長に言われた。肉を斬られても、骨を断たれても、死に物狂いで向かってくる者はいる。万一にも不覚を取りたくなければ、確実に相手の息の根を止めろ、って。その教えが骨の髄までしみ込んでて、考えるより先に身体が動くの。今さら相手によって太刀筋を変えるなんてできないよ」

　かける言葉もなかった。

　修羅場を知る者だけが吐ける台詞《せりふ》だ。一つ間違えば命を落とす世界で、美津は生きている。甘い考えが入り込む余地はないのだ。

　誠二郎は美津の肩に、そっと手を置いた。

「歩けるか？　おぶっていってやろうか」

「猫十匹分だよ」

　胸の上から放り投げたことを、まだ根に持っているらしい。意外と執念深い奴だ、と誠二郎は苦笑した。

「今度はぶん投げはせぬ。山を下るまでだ」

　背中を見せてやると、美津は素直に身体を寄せてきた。

　山道を曲がり、血の臭いが鼻腔《びくう》から消えたところで誠二郎は、「すまなかったな」と呟いた。

「私がうかつ者だったせいで、余計な厄介ごとを引き寄せてしまった」

「せいちゃんのせいだけじゃないよ。あいつら、あたしにも目をつけてた。いい女すぎるのも罪だよね」

腕から力が抜けた。ずり落ちかけた美津が、首にしがみついてくる。

「ぶん投げないって言ったくせに、今、落とそうとしたでしょ」

耳元で喚《わめ》く声には力が戻っていて、誠二郎はほっとした。

「それだけ元気があったら、もう歩けるな」

途端に美津は、誠二郎の首にかけた腕に力を込めた。

「やだ。もう少しこうしてたい」

舌切り雀の重いつづらを背負ってしまったような気分だ。途中で放り出せば、鬼ならぬ魑魅魍魎《ちみもうりょう》が、飛び出してくるのだろう。

「宿に着いたら脇差の手入れをしなきゃ。脂を巻いたままほっとくと、次から使い物にならなくなるんだよ。知ってた？」

ためらいなく人を斬るからには、美津が鬼であることは相違ない。だが恐れや嫌悪といった感情は、まったく湧いてこなかった。

鬼は鬼でも、美津は人の心を持つ鬼だ。

「この先も、俺の脇差を使うつもりか？」

「いいでしょ？　あんな重い物、自分で持って歩いてたら疲れちゃうよ」

――重いつづらを下ろしたら、次は刀持ちか。

まあいいか、と思いながら、誠二郎は歩を進めた。

木々の向こうに、街道筋が見えてきた。

四

駿河《するが》の地までは、何事もなく過ぎた。

箱根の手前で、美津が雑煮の食べすぎで動けなくなるという変事はあったが、関所自体は難なく通ることができた。

公儀お墨付きの旅というのは、こうした場面では楽なものだ。

浜松宿は徳川家康が居城としていた浜松城を頂く、城下町の宿場だった。本陣が六軒もあり、町の賑わいぶりも、他の宿場町とは格段に違う。

旅籠や水茶屋が軒を連ねている中から、一個の瓢箪を探すのは容易ではなかった。美津も熱心に周囲を見まわしていたが、どうやら探しているのは瓢箪ではないらしい。

「あ、みつけた」と声を上げたのでそちらを見ると、団子の屋台だった。

「せいちゃん、あれ買って」

先に宿をみつけたかったが、後でと言っても聞かないだろう。子どもをおとなしくさせておきたければ、何か食わせておくに限る。

上機嫌で串にかぶりついた美津は、「あっちにも団子屋があるよ」と、道の向こうを指さした。

「団子より、瓢箪を……」

誠二郎が言い終えるより先に、美津は駆けだしていた。その先に人がいた。

「何をしやがるんでぇ。この野郎ッ」

思い切りぶつかった美津に向かって、男が声を張り上げた。半纏《はんてん》を羽織り、長脇差を腰に差した博徒《ばくと》だった。

「あ、ごめん」

「ごめんですむか。この始末、どうつけやがる」

男が気色《けしき》ばんだのも無理はない。美津が手にしていた団子の砂糖蜜が、男の着物の胸元にべったりとついていた。

誠二郎は慌てて間に入った。

「子どものしたこと。どうか許されよ」

「なんだ、てめえは。こいつの色か？」

男は聞く耳を持っていない。

「だったらてめえが落とし前をつけやがれ。土下座して詫びれば勘弁してやらぁ」

怒鳴り声を耳にして、道行く人が足を止める。どうやら、いい見世物が始まったと思っているようだ。

こうなると男も後に引けまい。片やこちらにいるのは、すこぶる短気な抜き身の刀だ。

「ちゃんと謝ったじゃない。いちゃもんつけないでよ」

「女は引っ込んでな」

「そうはいかない。ごろつきが相手の時は、あたしの出番なの」

「ごろつきだとぉ？　人が優しくしてりゃあつけあがりやがって。もういっぺん言ってみやがれ」

「ごろつき、ごろつき、ごろつき、ごろつき」

「てめえ……」

まるで子どもの喧嘩だと、誠二郎は天を仰ぎかけたが、男が長脇差の柄に手をかけるのを見て血の気が引いた。横を見ると案の定、美津が男の動きに反応して、誠二郎の腰に目を走らせている。

――また俺の脇差を勝手に使うつもりか。

そうと察して誠二郎は、慌てて美津の傍から飛び退いた。

土地の者を相手に刃傷沙汰《にんじょうざた》を起こせば後が面倒、という理性の声よりも、魂を喰われた後の美津を見たくないという思いが、誠二郎を圧した。

誠二郎は迷わず腰を折り、両手を膝に当てて頭を下げた。

「まことに相すまぬことをした。どうかご容赦いただきたい」

男の顔から毒気が抜けた。深々とこうべを垂れた誠二郎を、美津も呆気《あっけ》にとられたようにみつめている。

「何をしてやがる」

その時、人垣の向こうから太い声が響いた。

「定《さだ》の字、お侍様に頭を下げさせるたぁ、どういう了見だ？」

のっそりと姿を現した坊主頭の老人を見て、男はその場にひれ伏した。

「親分」

「何があった」

「この小娘が、あっしの着物に……」

男は砂糖蜜がついた襟元を見せた。老人はちらりと目をやり、「それぐれえ、てめえで舐《な》めときやがれ」と吐き捨てるや、誠二郎の前で腰を屈めた。

「うちの若《わけ》えもんがご無礼を働いたようで。ここはあっしの顔に免じて、勘弁してくだせえ」

誠二郎は気圧《けお》されたようにたじろいだ。

見かけは普通の年寄りだが、得も言えぬ貫禄がある。柔らかな物腰で頭を下げつつ、掬《すく》うように誠二郎と美津を見上げる目つきは尋常でない。

「こちらも悪いのだ。気になさらぬよう」

逃げ腰になりながら誠二郎は、この場から立ち去ろうと美津の腕を引いた。

「ここで帰しちまったら、あっしの顔が立ちやせん。見れば旅の方とお見受けいたしやす。むさ苦しいところでござんすが、今宵《こよい》はあっしのところでお寛《くつろ》ぎくだせえ」

「いや、宿は……」

決まっていると言いかけて、それもおかしな話だと言葉を呑み込んだ。

瓢箪の目印のことなど話せないし、きちんとした旅籠に泊まりたいと言えば角が立つ。この場合、どう断れば穏便にすませられるだろう。

悩んでいる隙に美津が、「ご馳走してくれるの？」と、期待のこもった声を上げた。

「それはもう。一家を挙げて歓待させていただきやす」

「一宿一飯ってやつ？」

「さようで」

「だったらお世話になろうかな」

「申し遅れやした。あっしはここ浜松で一家を構えさせていただいておりやす、市川《いちかわ》の長兵衛《ちょうべえ》と申しやす」

「あたしは美津。こっちはせいちゃんだよ」

誠二郎を無視して、勝手に話がまとまっていく。

長兵衛が顎《あご》をしゃくると、背後に控えていた若い衆がばらばらと駆け寄ってきた。

「どうぞ、案内いたしやす」

子分たちに取り囲まれ、誠二郎は仕方なく歩きだした。案内されているというよりも、気分としては、連行されているといったほうに近い。

先を行く長兵衛の、「市」と染め抜かれた半纏を見やりながら誠二郎は、「お前のせいだぞ」と美津に囁いた。

「細身の刀は器用にかわすくせに、なんであんなでかい身体がよけられないんだ?」

「止まって見えるのは、人が振る刀だけ。でなきゃ道も歩けないよ」

周りに聞き取られないよう、美津も小声で返してくる。

「それはそうか……」

不思議な話だが、どうしてそう見えるのか美津自身にもわからないというのだから、誠二郎がいくら考えてみたところで始まらない。

「いいんじゃない? たまには隠れ宿以外のとこに泊まるのも面白いよ。それよりびっくりした。なんで頭を下げたりしたの? 武士がうなじを見せるのは、首を落とされる時だけだって聞いたけど」

「相手が刀を抜きそうだったから」

「あんなのには負けないよ」

「だからだ。頭を下げても笑われるだけですむが、人を斬れば、お前の魂がすり減る」

美津は丸い目を更に丸くして、誠二郎を見上げた。

「あたしの為?」

「そうだ。それがどうかしたか?」

「ううん」

美津ははにかむようにうつむき、それきり黙り込んでしまった。

普段減らず口ばかり叩いている女が言い返してこないと、何かあったのではないかと、こちらのほうが余計な気をまわしてしまう。

「もう眠くなったのか? それとも腹が痛いのか?」

誠二郎は気遣うように言葉を重ねた。美津がわずかに顔を持ち上げた。

「どうして?」

「お前が静かだと不気味だ。昼間に食ったとろろ汁が悪かったんじゃないか？」

途端に、美津の目が三角になった。

「じゃあ、何？　眠くなくて、お腹も痛くない時のあたしは、生意気で、騒々しくて、可愛げがないっていうの？」

「そこまでは言ってないだろ」

「言ったも同然でしょ」

「声がでかいぞ、落ち着け」

「せいちゃんの声のほうが大きいよ」

ひそひそ声で話すのも忘れて怒鳴り合っていると、ふと視線を感じた。

長兵衛が振り返り、穏やかな目でこちらを見ていた。先に誠二郎をたじろがせた、射貫くような光は消えている。

初めて相まみえた時の、あの眼光はなんだったのだろうと首を傾げているうちに、前を歩いていた子分衆が足を止めた。

街道を外れて角を曲がった先に、間口の広い総二階の町屋があった。長兵衛の姿を目にするや、中から一癖も二癖もありそうな男たちが飛び出してきて、「おかえりなせえまし」といっせいに声を張り上げる。

「客人をお連れした。粗相のねえようにな」

長兵衛のひと言を受けて、全員が誠二郎の前で腰を屈めた。

居並ぶ子分たちの前を通るだけで肝が冷えたが、美津は逆にふんぞり返っている。

「すごくいい気持ち。お姫様になったみたい」

土間から上がり框《かまち》に向かいながら、美津が呟いた。

「いい度胸だな。俺はお白州《しらす》に向かうような気分だ」

答えながら仰いだ天井は高く、広い廊下は磨き抜かれていた。旗本である真木家の屋敷より、はるかに立派だ。

通された先は奥座敷だった。

神棚を背にして長兵衛が端座していた。既に箱膳が置かれていて、誠二郎と美津は並んでその前に座った。

「どうぞ、楽になすってくだせえ」

そう言うと長兵衛は、わざわざ誠二郎の前に来て銚子を差し出した。

こうした場面で遠慮をすれば、相手の顔を潰すことになる。

誠二郎は両手で盃《さかずき》を持って、丁寧に酌《しゃく》を受けた。

「嬢ちゃんも形だけ、受けてくれやすか」

長兵衛は美津の盃にも酒を注《つ》いだ。

形だけでと言われたのに、美津はぐいと盃をあけてしまった。

「あ、美味しい」

「いい飲みっぷりだ。嬉しいねぇ。まあ遠慮せず、たんと食べてくだせえ」

言われるまでもないとばかりに、美津は箸を持った。

神棚の前に戻った長兵衛に子分が酌をする。満たされた酒を飲み干した後、長兵衛はおもむろに膝を揃え、畳に両手をついた。

「あっしらは世間の片隅をお借りして、稼業をさせていただいている身。堅気《かたぎ》の衆を相手に大きな顔をすることなどあってはならねえ。先ほどはそこいらへんをわきまえねえ若えもんが、迷惑をかけちまいやした。そちらさんが下げたくもねえ頭を下げ、定吉《さだきち》の熱を冷ましてくれなかったら、一家を畳んでお詫びせにゃならねえところでござんした」

大袈裟な、と思ったが、長兵衛の口振りは切実だった。

よくわからないが、武士が家名や体面でがんじがらめになっているように、博徒の世界でも特有のしきたりや決まり事があるのだろう。

「こちらにも粗相があったが故のこと。どうか過分なお気遣いは無用に」

今度は逃げ出す為の方便ではなく、心から恐縮して謝意を告げた。

「そう言っていただけると、あっしの顔も立ちやす」

長兵衛はかしこまったまま、上目遣いで誠二郎をみつめた。

その目に、再び冷たい光が射す。

「で、お二人さんは下り旅でござんすか？」

「いえ、所用で上方《かみがた》まで」

「あっしの見当違いならごめんなさいよ。こういう稼業をしておりやすと、あっちからもこっちからも噂話が入ってめえりやす。つい先日も、京から下ってきた渡世人が土産話を残していきやした。なんでも若え男と小娘の二人連れが、天朝様に害をなす為、京に向かっているとか。この者らを成敗してのけた者には、十両というご褒美が、御禁裏より賜《たまわ》れるんだそうで」

――漏れてる？

思わず浮きそうになる腰を、誠二郎はかろうじて抑えた。

だから最初の挨拶の時、鋭い視線を向けてきたのか。

噂の二人ではないかと疑ったから、お詫びの名目で誠二郎たちを招じたのか。

袋の鼠にした上で、じっくりと正体を見極めようという腹づもりで――。

誠二郎は口元に運びかけていた盃を膳に戻し、何気ない素振りで周囲を見まわした。

横について酌をする男が二人。座敷の端に居並ぶ子分衆が五人。廊下にも手下が控えているだろう。この奥まった座敷から外へ逃げ出すことは、不可能に近い。

「じゃああたしたちをここに連れてきたのは、十両が目当てなの？」

美津の声を聞いて、心の臓が凍りついた。

確かめたくても恐ろしくて言葉にできなかった問いを、美津はあっさりと口にした。

長兵衛は視線を誠二郎から美津に移し、ゆっくりと首を振った。

「この長兵衛、はした金で御客人を売るような真似はいたしやせん。ですが天朝様に弓引く者を見過ごすことも、またできかねる話」

「弓を引く相手が、天朝様以外の人だったら？」

長兵衛だけでなく誠二郎も、美津が何を言い出すのかと息を詰めた。

「的は天朝様じゃないけど、あたしたちがある人を討つ為に、京へ上ろうとしてることは事実なの。父上の敵《かたき》を京でみかけたって知らせてくれた人がいてね。兄上といっしょに、江戸から馳《は》せ参じるところ」

長兵衛の目尻が僅かに下がった。

「ご兄妹で、敵討ちの旅でござんすか」

「うん。父上は隠密廻り同心だったんだけど、老中暗殺を企てていた浪士たちを一網打尽にしたことで、生き残りの恨みを買っちゃったわけ。寝込みを襲われて、父上と母上は滅多斬り。あたしと兄上も殺されるところだったけど、父上のお仲間が駆けつけてくれて、間一髪助かった。それから四年間、剣の修行をしながら、ずっと敵を捜してたんだ」

長兵衛は感極まったようにうなずいている。

博徒は義理と人情を、命より重んじると聞く。逃げ口上として、これ以上ふさわしいものはあるまい。

「不埒《ふらち》な目論見《もくろみ》を抱く刺客にしては、仲のいいお二人だと思っておりやした」

長兵衛がすんなりと美津の弁明を受け入れたのは、ここへ案内される道々の与太話を耳にして、半ば疑いを解いていたおかげであるらしい。世の中、何が幸いするかわからないものだ。

「てえことは、噂話の二人とそちらさん方は別人だと？」

「ううん。その二人組っていうのは、多分あたしと兄上のことだと思うよ。敵は勤皇派の偉い人で、味方についてる公家も多いの。だから、あたしたちが江戸を発《た》ったと知って、御禁裏を動かしたんじゃないかな」

言わずもがなのひと言ではないかと、誠二郎はひやりとした。だが長兵衛は逆に義《ぎ》侠《きょう》心《しん》をかき立てられたらしい。

「だとすれば卑怯千万。手練れの刺客などという偽の話をこしらえ、赤の他人を使って返り討ちにしようとは、お天道様は見逃してもあっしは許せねえ。たった今からこの長兵衛、そちらさん方のお味方をさせていただきやす。あっしらにできることがあれば、なんでもおっしゃってくだせえ」

「って、言ってくれてるよ。よかったね、兄上」

美津はにっこりと笑って誠二郎を見た。

ここは、「そうだな、妹よ」とでも返すべきなのだろうか。そう思ったが、咄《とっ》嗟《さ》に舌がまわらず、誠二郎は黙ってうなずくことしかできなかった。

寝間に案内され、美津と二人きりになったところで、誠二郎は腰が抜けたように座り込んだ。

長火鉢の上で鉄瓶が湯気を立てていて、部屋の中はほんのりと暖かい。

「お菓子があるよ。これって食べていいんだよね」

美津が目ざとく、戸棚の中から漆塗りの小箱をみつけ出した。

食い物にかけては、犬並みの嗅覚だ。だがこの泰然自若《たいぜんじじゃく》とした度胸がなければ、今頃誠二郎たちは切り刻まれて、この家のどこかに埋められていたかもしれない。

美津をねぎらってやる気持ちで、誠二郎は手ずから茶を淹《い》れた。

「まさか、俺たちの首に賞金がかかっていようとはな。耳を疑ったぞ」

茶碗を受け取りながら、美津はうんうんとうなずいた。

「だよね。あたしたちの命がたった十両だなんて、馬鹿にしてるとしか思えない」

誠二郎が茶を噴き出しかけたのは、熱かったせいばかりではない。

「お前、気になるのはそこか？」

「だって、一人頭だと五両だよ。せいちゃんはまだしも、あたしの首なら、せめて二十両は出してもらわなきゃ」

「質入れの交渉じゃないんだ。自分から値を吊り上げてどうする」

「安く見られて、せいちゃんは頭にこないの？」

「賞金がいくらかより、いつどこから俺たちのことが漏れたのか、それが気にかかる」

美津はあられをつまみながら首を振った。

「そんなの、下っ端のあたしたちがいくら考えたって、わかりっこないよ。こっちはあっちを探って、あっちはこっちを探って、あっちどうしでもこっちどうしでも探り合ってるような、ごった煮の世界なんだから」

「つまり双方の探り合いの中で、こちらは黒幕を暴《あば》き、向こうは刺客が放たれたことを突き止めたというわけか」

何も知らないままでいるよりも、京に近づく前に情報が漏れていると気づけたことは、むしろ僥倖《ぎょうこう》だったかもしれない。

「明日は早めにここを発って、隠れ宿に出向こう。俺たちのことが相手方にばれていることを知らせて、佐野様の沙汰を仰がねばならん」

「沙汰？」

「噂で〝若い男と小娘〟と名指しされている以上、この組み合わせのまま旅を続けるのは危険だ。京はまだ遠い。周りの目をごまかす為にも、供連れを増やすよう願い出てみるつもりだ」

美津は手をひらひらと振った。

「ないない。事前に動きが漏れるのはよくあることだし、そうなってから小手先でごまかそうとしても無駄だってことくらい、佐野のおじさんは先刻御承知だから」

「では、このまま進み続けるということか」

「怖い？」

誠二郎は茶碗を握りしめた。手の中で、薄緑色の表面にさざ波が立っている。

「怖がらなくてもいいよ。せいちゃんはあたしが守るから」

「その必要はない。この先、賞金稼ぎの輩に襲われることがあれば、俺は武士として戦い、武士として死ぬ。だからお前は、俺なんぞ見捨ててさっさと逃げろ」

美津は誠二郎を睨みつけた。

「死んでもやだ」

「少し考えれば、お前にもわかる筈だ。もしも長兵衛が、問答無用で俺たちの首を取りにきていたら、どうなっていたと思う？　数多の手下に囲まれても、お前なら白刃の下を潜《くぐ》って血路を開くことができるだろう。だが俺には無理だ。そんな修羅場で他の者まで庇おうとしたら、いかにお前でも不覚を取るぞ」

さすがに納得したらしく、美津は黙り込んだ。

それでいい。斬られるのは怖いが、自分が足を引っ張って美津が斬られるのを見るよりましだ。

やがて美津は、泳がせていた視線をゆっくりと戻してきた。

「そっか。せいちゃんは、一対一の立ち合いしかやったことがないんだ」

「そういうことだ」

「十両に目が眩む輩って多いのかな」

「賞金首の相場は知らんが、食い詰め浪人にとって、十両は大金だろう」

「数を頼んでこられたら、確かに厄介かも」

「だろう？　だから……」

「刀を抜けるようになるだけでいいと思ってたけど、乱闘での戦い方も、伝授しとかないと駄目ってことね」

飲みかけていた茶で、むせそうになった。

「お前、俺が言ったことを聞いてなかったのか？」

「見捨てて逃げ出すのは最後の手段。その前にやっておくことは、いくらでもあるよ」

「やっておくこと？」

「前に街道で襲われた時に思ったんだけどね。目録の腕があるのに、斬りかかってこられると木偶《でく》の坊になっちゃうのは、道場剣の癖が染みついてるからだよ」

「癖？」

「道場ではどれだけ打ち込まれても、決められた場所以外だったら一本にならないよね。でも真剣だと、かすっただけでも痛いし血が出る。頭ではそのことをよくわかってるのに、身体は道場にいる時のように動こうとするから、おかしなことになっちゃうの。だから、まずはそれを削《そ》ぎ落とす」

「どうやって？」

「組太刀で痛い思いをすれば、嫌でも実戦の動きを覚えるよ」

「誰と？」

「あたしに決まってんでしょ」

「真剣で？」

「竹刀なんて上等なものが、ここにあると思う？」

「付け焼刃ほど危ないものはないということくらい、お前も知ってるだろう」

「なまくらなままでいるより、ずっといいよ」

美津はあられをまとめて口に放り込み、音を鳴らして嚙み砕いた。

「明日は出立を遅らせて、みっちり稽古をしようね。あの親分さんに頼んだら、喜んで場所を用意してくれるよ。敵討ちの手助けをしたくてうずうずしてるみたいだから」

美津はやる気満々だ。

誠二郎は呆気にとられたまま、美津を見上げた。

何かことあれば、くよくよと悩んで後ろ向きになってしまう自分と比べて、美津のこの力強さはどこからくるのだろう。

行灯の灯《ひ》を落として布団に横になると、すぐに美津が、当然のような顔をして懐に潜り込んできた。

ついさっきまでの勇ましさが嘘のように、誠二郎の腕枕で眠っている美津の顔は、赤子のようにあどけない。多分こちらが、美津の本当の姿なのだろう。

――ずっとこの顔のまま、生きていけるようにしてやりたい。

寝顔を眺めながら、誠二郎は思った。

その為には、まず強くなること。今はそれしかない。

――弱気になるな。お美津を見習え。前を向いて、やるべきことをやれ。

胸の中で呟き、誠二郎は目を閉じた。


翌朝、「稽古をしたいのだが、いい場所はないか」と尋ねた時の長兵衛の反応は、美津が見越した通りだった。

「裏庭なら、十分に広うござんす」

そう請け負った後で更に、「見せていただいてもよろしゅうござんすか」と言い出した。

「実戦の為の稽古だから、型にそった綺麗な剣は披露できないよ」

美津の言葉に、長兵衛は相好《そうごう》を崩した。

「やくざの剣も同じでござんすよ」

「じゃあ、お好きにどうぞ。それとね、もう一つお願いがあるんだけど」

美津が長兵衛に耳打ちしている。

長兵衛は「お安い御用で」と返し、子分を呼んだ。

「兄上は素振りをやってて」

美津の指示に従い、誠二郎は庭に下りた。

そこは生け垣に囲まれた平庭で、苔《こけ》むした土がしっくりと足に馴染んだ。

鯉口を切り、刀を抜く。

まずは正眼に構え、気合を入れて素振りをした。

長兵衛と美津は外廊下に座って、剣を振る誠二郎をみつめている。

小半刻ばかり経《た》って身体がほぐれた頃、美津が庭に下りてきた。その手にしている物を見て、誠二郎は目を見張った。

「それは？」

木刀かと思ったが違う。どう見てもそれはすりこぎだった。

「台所から持ってきてもらった。包丁でもよかったけど、本当に刺しちゃったらまずいでしょ？　あたし、峰打ちも寸止めもできないから」

誠二郎の前に立った美津は、「では、どこからでもどうぞ」と声を投げてくる。

誠二郎は戸惑った。

すりこぎを右手にぶらりと提げ、構えを取ろうともしない美津は無防備すぎて、斬りかかるのは気が引ける。

――と、美津の姿が目の前から消え、右の脇を風が通り抜けた。

息が詰まり、膝から力が抜ける。

「すりこぎにしておいてよかった。包丁だったら、今ので死んでるよ」

背後から声がした。慌てて振り向こうとする前に、背中に重い痛みが走った。

「今のは急所ね。そこを突くと、人は声も立てずに死ぬよ」

軽く突かれただけなのに、痛みが身体の芯に残っている。誠二郎は力を振り絞りながら飛び退《すさ》った。

「下がる時は、刀を振りながら身体をまわさなきゃ。でないとこんなふうに、懐に入り込まれる」

目の下に美津の小さな頭があった。

胃の腑を突かれ、身体を二つ折りにして胃液を吐いた時には、美津はすでに二間《けん》ばかり先に離れていた。

「これで三回死んだことになるね。言っとくけど本当の斬り合いだったら、こんなふうにひと休みする暇なんか与えてくれないからね」

信じられないことに、美津は息を切らしてもいなかった。

「じゃあ、もう一度最初から」

ゆらりと美津が近づいてくる。

今度は誠二郎もためらわなかった。間合いに入ったと見て取るや、面を打つべく足を踏み出した。

切っ先は、美津の鼻先三寸をかすめた。

「かわされたら、すぐに次の一手。のんびり構え直してたら、ほら」

手首を打たれた。

「今ので手の腱は切れてるよ。でも手を休めちゃ駄目。死にたくなかったら、めったやたらでいいから、刀を振りまわして」

胴ががら空きになっているのを見て、横薙ぎに払った。

「また道場剣になってる。今のだと、狙うのは胴じゃなく足だよ」

刀の動きが止まって見えるというのは本当らしい。無我夢中で斬りつける誠二郎の太刀を、美津は紙一重でかわしていく。

捉えどころのない動きは、宙を舞う羽根のようだった。どんなに鋭く刀を振るっても、何事もなかったかのように、ふわりと浮いている。

「剣先を相手の身体に届かせようという気が足りない。かするだけでいいの。血を見ただけで臆しちゃう男は、意外と多いから」

「……俺のことか？」

息も絶え絶えに、誠二郎は呟いた。

「そうなの？」

「他人が流した血でも、気が遠くなる」

「ふーん」

喋っている間も、美津の動きは片時も止まらない。

十回くらい死んだところで、ようやく美津はすりこぎを左手に持ち替えた。

「それじゃ、今日はこれくらいにしようか」

誠二郎はふらふらになりながらも刀を鞘に納めた後、美津に対して礼をした。

やはり実際に立ち合ってみると違う。傍で見ていただけではわからなかった学びが、いくつもあった。

「どうやら命拾いをしたのはうちの定の字のほうらしい。素晴らしい立ち合いでございやした」

長兵衛が端座したまま一礼する。

「未熟なところをお見せしました」

「嬢ちゃんのほうが、師なわけで？」

「妹は剣において、稀代の天才ですから」

「いやいや、兄君もいい太刀筋でござんした。お二人の息もぴったりで、見ていて惚れ惚れいたしやした」

「恐れ入ります」

誠二郎は丁寧に礼を返した。

「息が合ってた？　本当？」

美津が声を弾ませる。

「まことに、見事な演武を見ているようでござんした。その調子で力を合わせ、見事本懐を遂げられますよう、この長兵衛、お祈りしておりやす」

長兵衛は、二人が敵討ち目的の旅をしていると信じきっているようだ。

「任せといて。兄上の無念は、あたしが必ず晴らすから」

美津は堂々と、長兵衛の前で胸を張った。

「兄君はそちらでは？」

「あ、間違えた。父上だ」

そこを間違えてどうする、と慌てた。

「妹の言うことを、真に受けられませぬよう。剣は人並み以上ですが、中味は見た目より子どもです」

ここまできて嘘がばれてはたまらないと思い、誠二郎は必死に言いつくろった。

長兵衛は得心したようにうなずき、「天才ってえのは、そういうもんかもしれやせんな」と呟いた。

朝餉を馳走になり、改めて世話になった礼を述べて長兵衛の家を後にした。

外に出ると、表に勢揃いしていた子分たちが、「いってらっしゃいやし」といっせいに腰を落とした。道行く人が誠二郎たちを見て、どこぞの親分かという顔で振り返っていく。

誠二郎はやはり、この手の雰囲気は苦手だ。自ずとうつむき加減になる横で、美津は平然と子分たちに手を振っている。

「お前、明日からでも、姐《あね》さんとしてやっていけるんじゃないか？」

子分たちの姿が遠くなったところで、誠二郎はようやく顔を上げ、肩から力を抜いた。

「それもいいね。もてなしも料理も、隠れ宿よりずっとよかった」

宿ではせいぜい一汁一菜のところを、朝から十品以上のおかずを並べられたので、美津は上機嫌だ。

「俺は二度と御免だ。昨日一日で、三年分くらい寿命が縮んだぞ」

「朝敵にされるとこだったから？」

「お前の嘘八百のおかげで命拾いした。それにしてもよく咄嗟に、あれだけの出まかせを思いつけたものだな。俺なんか、頭の中は真っ白になってたぞ」

「人を大ぼら吹き呼ばわりしないでくれる？　言っとくけど、あたし、嘘なんかついてないからね」

「俺とお前が、いつ兄妹になった？」

「作ったのはそこだけ。それとも、許嫁《いいなづけ》のほうがよかった？」

誠二郎は思わず足を止めた。

「敵討ちと言ってなかったか？」

「言ったよ」

「お前の父御は殺されたのか？」

美津がうなずく。

道端で話すことではないと思いつつも、誠二郎の足は動かなかった。

「江戸の同心というのは？」

「同心は同心でも、江戸じゃなく京だけど」

「京？」

「父上の表の顔は禁裏付の同心だったけど、本当の御役は裏目付の密偵だったの。佐野のおじさんも四年前までは京にいて、あたしの家にもよく出入りしてたんだよ」

「佐野様が?」

誠二郎は絶句した。

美津と佐野の間に、御役以外のつながりがあるとは、思ってもいなかった。

「あの頃の京は今以上に討幕派が暗躍してて、勤皇側につく大物も多かったらしいの。父上は不逞浪士の動きを探るうちに、清水寺の住職と公家の陰謀を突き止めてね。手柄を立てたのはいいけど、なぜか正体がばれちゃった。後は親分さんに話した通り」

安政の大獄で追われる身となった中に、清水寺の住職がいたことは知っている。その端緒を美津の父がつかみ、それを恨んだ討幕派が、美津の一家を襲った――。

「で、お前一人が助かったのか?」

「今なら逆に、賊を皆殺しにしてやるのに。あの頃は刀を握ったこともなかったから、かわすことしかできなかった。そのうち佐野のおじさんたちが駆けつけてくれて、賊は逃げていった。でも兄上は……刀を握りしめたまま、外廊下でこと切れてた。あたしを助けようと、抜いたことのない刀を抜いて、あたしの部屋に駆けつけようとしたみたい」

誠二郎が真剣を扱えるようにと、美津がひと肌脱いでくれた理由がわかった。おそらく美津は、誠二郎が兄の二の舞になることを恐れたのだ。

「最期《さいご》にあたしの名を呼んでくれたのかな。口はぽっかりと開いたままだった。その口と目を閉じてあげてから、あたしは兄上の刀で喉を突こうとした。でも佐野のおじさんにみつかってね。おじさんは、『生き残った者の責務だ。強くなって敵を討て』と言って、江戸に下る手配をしてくれたの」

「それで……里へ？」

親に売られたか人買いにさらわれたかして、何もわからないまま里に連れていかれたものと思っていた。だが違った。美津は承知の上で、あえて修羅の道を選んだのだ。

それにしても、と誠二郎は思う。

敵を討つ為には、そうまでしなければならないものなのだろうか。

「その時お前は八つかそこらだろう？　佐野様も酷な真似をなさる。年端もいかぬ子どもに敵討ちを強いるなど……」

「おじさんは悪くないよ。誰よりもあたしが、それを望んだんだから」

「お前は女だ。俺が一之進殿なら、そのようなことは望まぬ。兄のことなど忘れて、おなごとして幸せになって欲しいと思うだろう」

美津の顔が、不意に大人びた。

「そんなこと言うたかて、憎うてたまらんのやもん。忘れて前に進むやなんて、でけるわけあらへん。父上はええのや。覚悟の上で御役に就いてたんやさかい。そやけど家のもんは、父上が裏目付やなんてなんも知らへんかったんえ。なんで関係のない母上や兄上まで、滅多斬りにせなあかんかったん？　あたしは、あたしから兄上を奪った連中を、絶対に許さへん。兄上の無念を晴らす為やったら、鬼にでも夜叉《やしゃ》にでも、喜んでなったる」

誠二郎はその場に立ち尽くした。

目の前の美津は、まるで別人だった。

人を斬った時と同じ、凍った鬼の瞳で宙を見据え、身体からは透明な炎が噴き出している。

それが誠二郎の目には、地獄の業火のように映った。

「というわけ」

あどけない声に、我に返った。

いつもの美津がそこにいた。

誠二郎は溜めていた息を吐き出した。

「そのような思いで生きていたんだな。すまぬ。俺は自分のことに精一杯で、まったく気づかなかった」

「話してないのにわかったら、妖怪覚《さとり》だよ。これまで隠してたのは、『どこをどうまわって敵の耳に入るかわからぬ故、うかつに触れまわってはならぬ』って佐野のおじさんに言われてたから。でもせいちゃんなら、兄上みたいなものだからいいよね」

そう言ってもらえたことは嬉しかった。だが美津が背負う荷の重さを思うと、軽々しく喜んでばかりもいられない。

「此度の御役は、お前にとって里帰りとなるのだな」

「次に戻るのは、敵がみつかった時だと思ってたんだけどね」

幼い口元から〝敵〟という言葉がこぼれると、それだけで胸が痛くなった。

「相手の顔は見ていないのか」

「胸毛なら見たよ」

「胸毛？」

「頭巾を被ってたから顔はわかんないけど、はだけた襟元から覗いてたもじゃもじゃの胸毛ははっきり覚えてる。あれ以来、胸毛の男を見ると、斬って捨てたくなるんだよね。和田のおじさんなんか、あたしに何度か殺されかけてるよ」

また一つ、美津の癒えない傷口を見たような気がした。

「でもね、そいつらは雇われだから、どうでもいいんだ。あたしが討ちたいのは手足じゃなくて、皆殺しにしろっていう命令を出した頭のほう。佐野のおじさんが捜してくれてるけど、ぜんぜんつかめないんだよね」

「佐野様が探ってもみつからないのであれば、敵は裏目付に匹敵するほどの力を持っているということではないのか？　それでも討つのか？　下手をすれば返り討ちにあうぞ」

美津は瞬きしながら、誠二郎を見上げた。

「今度の御役目の的も、あたしの敵に負けないくらいの大物かもしれないよ。だからって、仕掛けを控えるわけにはいかないよね」

誠二郎はたじろいだ。

「なぜ、大物とわかる？」

「父上を殺そうと謀ったのは寺社絡みの人だろうから、親分さんに話したように、御禁裏を動かせるだけの力を持ってると思う。で、京の的はどっちだと思う？」

「どっち、とは？」

「噂話では、御禁裏が褒美を賜るってことになってるでしょ。あたしたちを朝敵に見せかけたくて騙っただけならいいよ。でも本当に御禁裏が十両を出すのだとしたら、京での仕掛けは、敵討ちより難しいものになるかもしれない」

誠二郎は唾を飲み込んだ。

「だとしたら……どうする気だ？」

「どうもしないよ。的が何者であれ、やるしかない。あたしの敵討ちも同じことだよ」

軽やかに言い切ると、美津はくるりと背を向けた。

下っ端がいくら考えても仕方ないことと言っておきながら、押さえるべきところは押さえる。かと思えば、大胆にそれを手放す。誠二郎には及びもつかない所作だ。

――八つの時から、里の者として御役目をこなしてきたからこそ、なせる業かもしれない。

その頃、自分は何をしていただろうかと、誠二郎は記憶を手繰《たぐ》った。

多分ひとかけらの絶望も悲しみも知らず、弟と日がな一日遊んでいた筈だ。

それから今日まで、文武両道の兄と頭脳明晰な弟に挟まれ、未来のない部屋住みの惨めさに呻吟《しんぎん》することはあっても、本物の慟哭《どうこく》を味わったことは一度もない。

もし自分が美津のような生い立ちだったら、笑いなどとうの昔に失《な》くしているだろう。

そう思うと、胸の底がたまらなく苦しくなった。


街道は昨日と変わらず、多くの人馬で賑わっていた。

「何か、いい匂いがするんだけど」

美津が足を止めずに振り返った。

「頼むから、前を見て歩いてくれ。昨日の繰り返しは御免だぞ」

そう声をかけながら、誠二郎は辺りを見まわした。目を向けたのは屋台ではなく、行き交う人の顔だ。

渡世人や、いかにもひと癖ありそうな浪人の姿が散見できる。

昨日までの誠二郎なら、向こうがこちらを見ているだけで、もしや賞金稼ぎではと足を竦《すく》ませていただろう。だが今は不思議と気にならない。平然と相手を見返すことができる。

「ちょっとは自信がついたみたいね」

いつの間に買ったのか、蒲焼《かばやき》の串を手にした美津が、顔を覗き込んできた。

「向こうの木の下にいる旅姿の侍は、多分噂を知ってて、あたしたちのこと疑ってるよ。どうする?」

言われて誠二郎は視線を向けた。

侍は目が合うと、すぐさま路地に消えた。

「どうするもこうするも、仕掛けてきたら迎え撃つしかあるまい。どんな輩であっても、お前を相手にするよりはましだろう」

美津は笑ってうなずいた。

「それでいいよ。刀を抜き合ったら、まずは自分の腕を信じることが一番大事なの。もし自分を信じられなかったら、あたしを信じて。せいちゃんは、このお美津先生が一から教えた自慢の弟子なんだから。そんじょそこらの者には負けないよ」

「ああ、覚えておく」

自慢の弟子と言われてふと、美津の敵がみつかった時は、助っ人役を買って出られないだろうかと考えた。

――敵討ちに助太刀は付き物だ。相手が大物ならなおさら、一人では手に余ることもあるだろう。こんな自分でも、お美津を守る盾くらいにはなれる筈だ。

美津に敵討ちを勧めたという佐野に頼めば、なんとかなりそうな気がする。承諾を得られれば、この御役目が終わった後も美津とのつながりを保てるし、場合によっては無益な敵討ちを止められるかもしれない。

「あ、瓢簞だ」

美津が三軒ばかり先の旅籠を指差した。

さっき釘《くぎ》を刺したばかりなのに、美津は蒲焼の串を持ったまま駆けだしていく。

――懲《こ》りない奴だ。

苦笑しつつ誠二郎は、美津を守ろうとして斃《たお》れた一之進の無念は、いかばかりだったろうと想像した。

――この頑固で無鉄砲な妹を、本当に慈《いつく》しんでおられたのですね。そのお気持ちが、痛いほどわかる。私も及ばずながら、お美津の為に何ができるか、考えていく所存です。

胸の中で呼びかけながら、誠二郎は美津の後に続いた。

表戸から土間に足を踏み入れてしばらく待ったが誰も出てこない。午の刻といえば宿にとって、最も息を抜けるひと時なのだろう。

仕方なく、「ごめん」と奥に向けて声を投げた。

昼寝でもしていたのか、寝惚《ねぼ》け眼《まなこ》の女中が出てきたので、番頭を呼んで欲しいと頼んだ。

やがて顔を見せた番頭は、呼びつけたのが誠二郎だと知るや、「何かございましたか」と尋ねてきた。

「昨日辺りこちらに着くものと思っておりましたが、お姿がないので案じておりました」

誠二郎が事の顚末《てんまつ》を話すと、番頭の顔つきが険しくなった。

「風聞について聞き及んでおるか？」

「いえ、初耳でございます。これは急ぎ、江戸表に注進せねば」

つまり裏目付の誰も、この件についてはつかんでいないということか。

「博徒に後れを取ってるようじゃ、〝裏〟の名が泣くよ」

美津が遠慮の欠片もない台詞を吐いた。

「申し訳もございませぬ。何処からお二人のことが漏れたか、総がかりで探索に当たりまする。で、お二方はこれからどうされますか。私どもの宿に留《とど》まり、様子を見るという手もございますが」

「ここへは、噂の件を伝えようと顔を出したまで。一朝一夕に埒《らち》が明くとも思えぬ故、すぐに発つつもりだ」

「なれば今切《いまぎれ》を舟で渡る本街道ではなく、北へ向かうのがよろしいかと存じます」

「裏道か？」

「いえ。本坂越えと申しまして、れっきとした街道でございますよ。海の渡し舟が怖いというので、おなごはこちらの道を選ぶ者が多く、別名『姫街道』と呼ばれております。木を隠すには森の中。おなごの旅人が行き交う道のほうが、賞金稼ぎたちの目をごまかせましょう」

ありがたい助言だった。危険は少しでも避けたいところだ。

「どっちの道のほうが、美味しいものがあるの？」

美津が興味津々の顔で、番頭に尋ねている。

「食い物で道順を選んでる場合か。本坂越えを行くぞ」

誠二郎は問答無用で言い切った。


女が多いということは、沿道の店には甘い物屋が多いということでもある。おかげで美津の機嫌はよかった。

御油《ごゆ》から先は本街道になる。

どの隠れ宿でも、特に沙汰を受けることはなかった。

美津の言う通り上の意向は、「じたばたせずに京まで突っ切れ」ということなのだろう。

日永《ひなが》追分というところで、街道は京へと続く道と、伊勢神宮へ向かう道の二手に分かれる。伊勢参宮の旅人は左の伊勢街道を行くので、本街道を歩く人の数は一気に減った。

異変が起きたのは、庄野宿の手前だった。

宿で用意してもらった握り飯を歩きながら頬張っていた美津が、ふと足を止めて、

「おかしいなぁ」と呟いた。

「どうした。焼き蛤《はまぐり》は口に合わぬか?」

「ううん、美味しいよ。そうじゃなくて、この先におかしな気を感じる」

誠二郎は行く手を見渡した。松林の間を縫《ぬ》って平坦な道が続いている。

「待ち伏せか?」

「多分ね。進む前に食べちゃうから、ちょっと待ってて」

そう言うと美津は、道端の岩の上に座り込んだ。

「狙いは俺たちか」

「だと思うよ。人目があればやり過ごして後を尾け、なければバッサリいくつもりじゃないかな」

物騒な台詞の筈なのだが、ご飯粒をいくつもくっつけた口で言われると、緊張感が失《う》せてしまう。こういう状況でも、握り飯を捨てようとしないところはさすがだ。

大口を開けている美津の前に立ったまま、誠二郎は周囲を見まわした。ちょうど昼時で、数少ない旅人も茶屋でひと休みしているのだろう。辺りに人影らしいものはない。

「どうやらバッサリのほうらしい」

「でも進むしかないよね。引き返しても追いかけてくるだろうし」

指についた一粒まで舐め取って、美津は腰を上げた。

「まずはせいちゃんに任せるね。組太刀の時みたいに身の処し方を指図するから、その通りに動いてみて」

誠二郎はうなずいた。

美津に従っていればいいのだと思うと、恐怖は覚えなかった。もし誠二郎の手に負えなければ、美津がなんとかしてくれる。

「そろそろだよ。備えて」

美津がすぐ後ろから声を投げてくる。

誠二郎は鯉口を切った。

「来るよ。抜いて」

すらりと刀を抜いた。

「半歩右。八双の構え」

一間ばかり先の木の後ろで、草を踏みしだく音がした。

身体を僅かに斜めにして身構える。

相手が飛び出してきたら、即座に振り下ろさなければならない。

なんとしてでも相手より先に、こちらの剣先を届かせるのだ。

物音は左右から聞こえた。

曲者《くせもの》は二人か――。

「あれ?」

あれという構えは聞いたことがない。

「〝あれ〟とは、どうするのだ?」

「逃げちゃった」

「何?」

確かに物音は消えている。

「せいちゃんの堂々とした構えを見て、恐れをなしたんだよ。あっぱれ、せいちゃん。

すごい、天才」

誠二郎は狐につままれたような気分で、刀を鞘に戻した。

「天朝様を狙っているというからには、すごい手練れだと向こうは思い込んでるわけでしょ。だから不意を打とうとしたのに、あっさり気配を読まれちゃったんで、こりゃかなわないと退散したんじゃないかな」

「なるほど」

気配を読んだのも手練れなのも美津のほうなのだが、そこまでは風聞でも伝わっていないようだ。

「刀を交えるのはどんな感じなのか、ってことを経験する、絶好の機会だと思ったんだけどなぁ。こればっかりは、稽古で教えてあげられないから」

「なんでだ？」

「想像したらわかるでしょ。せいちゃんの打ち込みを受け止めたら、あたし、五間くらい吹っ飛んじゃうよ」

誠二郎は改めて、美津の小さな身体を見やった。

「力では男に勝てないからね。相手と斬り結んだ時点であたしの負けなの。でもせいちゃんは大きくて体力もあるから、一太刀で決めなくても、二の剣三の剣を振るえばいい。今みたいに、相手が仕掛けてくるまで待つっていう手も使えるしね。あたしに比べたら余裕だよ」

どうやら天才でも、無敵ではないらしい。

「でもせいちゃん、ほんとに落ち着いてたよ。ずっと前に街道で襲われた時とは別人みたい」

誠二郎は鞘に手を当てながら微笑を返した。

「あの時は、一人で矢面に立たされたような気分だったからな」

美津はきょとんとした顔で誠二郎を見上げた。

「さっきだって、同じでしょ？」

「いや、今の俺は一人じゃない。お前と立ち合いをするようになった時から、俺の命はお前に預けてある。おかげでともに戦っているのだと、心から思えるようになった。お前が傍にいてくれれば、俺は常に、大船に乗った気分でいられる」

「そんな大事なものを簡単に預けていいの？　持ち逃げされても知らないよ」

「十両の軽い命だ。好きにしろ」

そう答えて、誠二郎は頭上を仰いだ。

江戸を発ってから十二日。ここまでは天候に恵まれていたが、石薬師宿を過ぎた辺りから、空模様が怪しくなってきている。

「この先は荒れるかもしれないね」

並んで空を見上げていた美津が呟いた。

天気のことを言っているのか、それともこの空の先に続く京の都のことを言っているのか――美津の表情からは読み取れなかった。

五

――鈴鹿《すずか》の山には昔々、鈴鹿御前と申す鬼姫がおったそうじゃ。この鬼はたいそう美しく、鬼退治にきた田村丸《たむらまる》という若者は、ひと目で恋に落ちてしもうた。田村丸と結ばれた鈴鹿御前は神通力をなくしてしもうたが、小りんという娘を授かって、その後も末永く幸せに暮らしたそうじゃ。

坂下の宿に着くと、久しぶりに佐野の使いと称する者が訪ねてきた。

長くこの地で御役に就いているという初老の侍は、誠二郎に路銀を渡した後、鈴鹿峠にまつわる鬼姫伝説について語りだした。

「美しい鬼って、まるっきりあたしのことみたい」

絶対に言うだろうと思っていたら案の定だったので笑ってしまったが、「では、田村丸は真木殿ですかな」と侍に言われて、笑いが引っ込んだ。

「あたしにひと目惚れした？」

美津が誠二郎の顔を覗き込んでくる。

「それは伝説の話。現《うつ》し世のお前は、鬼姫というより小鬼だろ」

美津は頰を膨らませたが、すぐに真顔になった。

「まあいいか。敵をみつける前に、神通力をなくしちゃったら困るもんね」

誠二郎はどきりとした。

神通力――すなわち、剣筋が止まって見える目か。

その力で美津はここまで生き延びてきた。だが子どもの頃に持っていた特殊な能力が、大人になると消えてしまうというのは、よく聞く話だ。

座敷童が子どもにしか見えないように、美津もいずれその力をなくしてしまうのかもしれない。それは美津にとって、いいことなのか、悪いことなのか。

「余計な話をしてしまいましたかな」

初老の侍は、黙り込んでしまった誠二郎を見て、道中の心配をしていると思ったらしい。

「案じずとも、今の峠に鬼はおりませぬ。お二人の噂話が広く流布《るふ》されている今、むしろ人のほうにお気をつけ召されよ」

侍の言葉に、誠二郎は顔を上げた。

「私たちのことが、どこからどのようにして相手側に漏れたのか、まだ突き止められないのですか?」

侍は眉を寄せてうなずいた。

「我らのような〝草〟が総出で動いておるのじゃが、京の地はこちら側と向こう側の根が絡み合っているようなところでな。一筋縄ではいかぬのじゃ」

「父上の時みたい。あの時もこっち側の中に、父上の正体を勤皇派にばらした人間がいた筈なんだけど、どれだけ掘っても根っこはわからずじまいだったんだって」

どうやら京というところは、魑魅魍魎の巣窟《そうくつ》らしい。

「結局何もつかめないまま、噂の源に飛び込んでいくことになりそうだな」

誠二郎が弱音を吐くと決まって茶々を入れてくる美津も、四年前のことを思い返しているのか、黙りこくったままだった。


雨模様であればもう一泊するつもりでいたが、起きてみると冷たい冬晴れの空が広がっていた。

箱根も小夜の中山峠も、難なく越えることができた。最後の難所と言われるこの鈴鹿峠を越えれば、京の都はもう目と鼻の先だ。

険しかった箱根に比べると、鈴鹿の山道は思っていたよりもなだらかだった。

この分だと、昼前には次の土山宿に着けそうだ。

そう思って安心していたが、道が下りにかかる頃から、それまで晴れていた空が暗くなってきた。遠くを見渡すと、重い雲が山の中腹まで下りてきている。

「ここらでひと休みと思っていたが、先を急いだほうがよさそうだ。昼飯は歩きながら食ってくれ」

空を見上げながら誠二郎は、握り飯を取り出そうと打飼袋《うちがいぶくろ》に手をやった。

「……欲しくない」

信じがたい言葉を耳にして、誠二郎は弾かれたように振り返った。美津はきちんと後ろをついてきていたが、よく見ると足運びが頼りない。

「今、なんと言った？」

「あたしらって乙女なんらから、食べらくない時くらいあるよぉ」

喋り方もおかしい。咄嗟にどこかで毒を盛られたのかと思った。それにしては顔色は悪くない。むしろ火照《ほて》っているように赤い。

誠二郎は美津の肩を支えながら、額《ひたい》に手を当ててみた。

「すごい熱だ。いつからだ？　どうして早く言わなかった？」

昨夜から元気がなかったのは病のせいだったのか。だが腕枕をしていた時には、熱はなかった筈だ。

「わかんない。頭はちょっろ痛かったけろ、ふわふわしらしたのはさっきから」

誠二郎は弟の言葉を思い出そうとした。

元御典医のもとで見習いをしていた弟は、長崎に発つ前の日まで、誠二郎の部屋に入り浸って、聞きかじった知識を披露してくれたものだ。ほとんど聞き流していたが、片鱗《へんりん》は記憶に残っている。

――急な熱は怖いよ。とにかく身体は温めて、頭と首は冷やして、無理矢理にでも水分を与えること。

確かそのようなことを言っていた。だがここでは、身体を温めることも、水を飲ませてやることもできない。

「首につかまれ。おぶっていくぞ」

誠二郎は美津の前で屈んだ。すぐに背中が重くなる。声を発しないのは、よほど具合が悪いからだろう。

うかつだった。おとなしいのは、京が近くなって緊張しているせいだと思っていた。美津がそんな繊細な神経の持ち主でないことは、誠二郎が誰よりもよく知っていた筈なのに――。

美津の身体を覆うように、引廻《ひきまわ》し合羽《がっぱ》を被せて背負いあげた。

その折になって、分厚く垂れこめていた雲が、突然崩れて雪になった。

鈴鹿の峠で怖いのは、鬼でも人でもなかった。気まぐれな空こそが、難所である謂《いわ》れだった。

大きな牡丹《ぼたん》雪が空間を埋め尽くし、みるみるうちに辺りが白く染まっていく。

雪は糊《のり》のように全身に貼り付き、美津を背負い直すたびに、塊りとなって身体から落ちた。

道と藪の境い目がわからない。少しでも気を抜けば、獣道に入り込んでしまうだろう。

誠二郎は必死に足を運んだ。足袋《たび》に雪がしみ込んで膝下が凍りつく一方で、背中は火に焙《あぶ》られているように熱い。

「兄上……」

耳元で美津の声がした。

うわ言かと思うと、ぞっとした。

一刻も早く、宿場に辿《たど》り着かなければ危ない。

だが吹きつける風は、誠二郎の力までも、容赦なく奪っていく。

頭上で鳴る木枯らしの音は、泣き声のように聞こえた。泣きたいのはこっちだ、と悪態をついたものの、むろんそれで雪や風がやむわけではない。

その時、降りしきる雪の切れ目に屋根らしき物が見えた。目を凝らすと古寺の本堂だった。廃寺になって長いのか、瓦《かわら》は落ちてしまっているが、四方の壁はしっかりとしている。少なくとも風と雪は避けられそうだ。

迷う暇も惜しんで、誠二郎はお堂を目指した。

半分壊れた扉から中に入ると、淀《よど》んだ空気に迎えられた。

風がないという、たったそれだけで、手足に温《ぬく》もりが戻ってきたような気がする。

美津を下ろそうとして、お堂の隅に人がいることに気づいた。

百姓の母娘《おやこ》だろうか。短い着物に前掛けをし、傍らに背負子《しょいこ》を置いた女が二人、怯えた目でこちらを見ている。

「旅の者です。連れが熱を出したので、ひと時この場をお借りできませぬか」

誠二郎の弁明に、二人の女は緊張を解いたようだ。

「うちらも薪《たきぎ》拾いに来たら降られてしもうて。雪宿りしてるとこや」

「そこでは寒かろ。こっちの床は乾いてるから寝かせるとええ」

母娘が手招きしてくれたので、誠二郎は奥へ進み、美津をそっと床の上に下ろした。

美津は固く目を閉じたまま、荒い息を吐いている。

「お美津、しっかりしろ」

呼びかけても反応がない。濡れた足を拭いてやろうと手をやると、さっきまで熱かった肌が冷たくなっている。

どうすればいいのかと、誠二郎は取り乱しかけた。

「あらまあ、可愛いめらべさんだこと」

娘が美津を見て声を上げた。

「濡れた着物は身体に毒やけんど、どうしたもんかね」

「おっ母、あたいが温めてやる」

言うなり娘は、自分の前掛けの紐を解き始めた。

「お侍さんはあっちを向いててや」

母親に指図され、誠二郎は慌てて背を向けた。

背後で衣擦《きぬず》れの音がしている。やがて「もう、いいよぉ」という声がして、誠二郎は振り返った。

娘は裸の美津をしっかりと抱きしめ、一つの着物にくるまっていた。その上から母親が、背負子に入っていた枯れ葉や枯れ枝を被せている。

「ここいらへんの村のもんは、山に入って雨や雪にあったら、このお堂でやり過ごすことにしてるんや。そやから雪が小やみになったら、うちのもんが迎えに来てくれる。それまでの辛抱やし」

母親の言葉が胸にしみ込む。誠二郎はうなずきながら膝をついて、美津の顔を覗き込んだ。美津の息遣いは、さっきよりも楽になっている。

「かたじけない。このお礼は……」

言いかけた時、表の扉が軋《きし》んだ。

「おう、凍え死ぬかと思うた」

「助かったぞ」

太い声とともに、男が二人入ってきた。

旅姿の浪人だったが、菅笠《すげがさ》は破れ、着物も薄汚れている。誠二郎は意識するともなく、刀の柄袋を外した。

「ほう、これはこれは。どうやらわしらは、竜宮の城に迷い込んだようじゃ」

髭面の男が、裸で抱き合っている美津と娘を見て歓声を上げた。

「されど、余計者が一人おるの」

もう一人が、薄い眉を寄せて誠二郎を見やる。

「去《い》ねい、若造。さすれば見逃してやる」

難事や災厄というものは、常から仲良くつるんでいるのだろうか。一つが去ったと思う間もなく、別の災難がやってくる。

誠二郎は鞘をつかみ、鯉口を切った。

「やる気か？」

「面白い。刀の錆《さび》にしてくれるわ」

二人の浪人も刀を抜いた。

美津たちを庇うように、二人の前に立ちふさがってみたものの、間合いを詰めてくる相手に対し、どう動けばいいのかわからない。

——どちらから来る？　どう構えればいい？　お美津、教えてくれ。

誠二郎は泣きそうになりながら、胸の中で叫んだ。その声が届いたのだろうか。

「……せいちゃ……」

美津の声が耳に届いた。

これまで寝言でもうわ言でも、兄を呼ぶだけだった美津が、初めて誠二郎の名を口にした。

驚きとともに、身体の震えがぴたりと止まった。

この場で美津と母娘を守れるのは、自分しかいないのだという事実に、改めて気づく。足を竦ませている場合ではない。

――たとえ刺し違えてでも、こやつらを倒す。

そう決意した途端、浮き上がっていた腰がどしりと沈んだ。浪人二人が、「おや？」という顔をして足を止める。

正対したまま、誠二郎は正眼に構えた。

刀と身体が一体化した見事な構えであることは、浪人たちの目にもわかったのだろう。二人は誠二郎を睨みつけながらも、間合いを切ったまま動こうとしない。

美津ならば、刀の動きを見切って相手の懐に飛び込み、素早く急所を捉えてみせるだろう。そんな芸当は、誠二郎にはできない。だが自分には、美津が持ち得ない強みがある。

――腕力と、頑丈な身体。

肉を斬られても骨を断たれても向かってくる者はいる、と美津は言っていた。そうした手負いの獣にならなら、自分でもなれる。

――そうだ。死に物狂いになれ、誠二郎。たとえ骨を断たれようと、こやつらの喉首に喰らいつくまで、倒れてはならぬ。

そう心得つつ、誠二郎は相手の出方をじっと待った。

焦《じ》れてきたのか、髭面の浪人が凄《すさ》まじい気合を発して刀を突きだしてきた。咄嗟に応じかけたが、動いたのは切っ先だけだ。誘いだと見切った誠二郎は、正眼の構えを崩さなかった。

切り返してこない誠二郎を前に、髭面は舌打ちして構えを戻した。

――せいちゃんは刀の動きを追いかけすぎるの。怖いから、つい刃に目が向いちゃう気持ちはわかるけど、見るのは相手の周りの空気。その流れを感じて、次の動きを読むの。

美津の教えを頭に呼び起こす。

長兵衛の家ではすりこぎだったが、それからも美津は、時には心張棒を、時には刃引きをした真剣を手にして、誠二郎に稽古をつけてくれた。

その教えが、今、生きている。

時間の感覚は失せていた。

睨み合っていたのは、ほんのひと時だと思ったが、実際には長い間そうしていたらしい。

気がつくと、風の音がやんでいた。しんとした空気を割って、雪を踏みしめる足音が聞こえてくる。

「まずいぞ、誰かくる」

眉の薄い男が声を上擦《うわず》らせた。

「命冥加な奴よ」

捨て台詞を残して二人はじりじりと後ずさり、扉に辿り着いたところで一目散に外へ飛び出していった。

入れ替わるように、ざわめき声が大きくなる。また災厄の続きかと顔を引きつらせかけた時、母親が弾んだ声を上げた。

「お父《とう》の声や。雪がやむ前に来てくれただな」

母親が扉へと駆けていく。

――助かったのか。

そう思った途端、膝から力が抜けた。

刀を手にしたまま、その場に尻もちをつくように座り込んでいると、蓑《みの》を被ったたくましい体つきの男たちが、どやどやとお堂に入ってきた。

男たちに成り行きを説明している母親の声を聞きながら、誠二郎は後ろを振り返った。美津は娘の腕の中で、安らかな寝息を立てていた。


男たちに担がれて、美津は母娘の家に運び込まれた。

「あなた様は、かかあとおはるの命の恩人でごぜえます。むさ苦しいところだけんど、どうか養生してってくだせえまし」

家の主《あるじ》だという与一《よいち》は、誠二郎に向かって丁寧に頭を下げた。

「礼を申すべきは私のほうです。おはるさんのおかげで命拾いをいたしました」

納戸の隅にでも寝かせてもらえれば十分だと思っていたところを、一家は奥の座敷に寝間を整えてくれた。与一の家は豪農らしく、布団と火桶《ひおけ》まである。

その夜誠二郎は、寝ずの看病をした。

弟が話していた手順を思い出しながら、絞った手拭いで頭を冷やし、手足をさすり、まめに汗を拭き、唇を白湯《さゆ》で湿らせた。

朝方、大量に汗をかいたのを潮に、熱が下がりだした。乾いた手拭いで汗に濡れた胸元を拭いていると、美津がぽっかりと目を開いた。

「あれえ、せいちゃん？　何してるの？」

「お美津、気がついたか」

誠二郎は、美津が熱を出して気を失ったことと、近在の百姓家で世話になっていることを教えた。

「覚えてない……」

「気分はどうだ。どこか、痛いところとかあるか？」

美津は天井を見上げて少し考えた後、「お腹がすいた」と呟いた。

その村は、山あいの小さな集落だった。田んぼはなく、炭と茶を商《あきな》うことで暮らしを成り立たせているという。

美津は目を覚ました当日こそぼんやりとしていたが、翌日になると顔つきもはっきりとしてきた。こうなると若いだけに回復も早い。

「おはるさんから聞いたよ。あっぱれ、せいちゃん。すごい、天才」

庭先での素振り稽古を終えて部屋に戻るなり、美津の歓声に出迎えられた。どうやらおはるに給仕をしてもらいながら、お堂での出来事を聞き出したらしい。

「連中が逃げ出した後、腰を抜かしたことは聞いてないのか？」

誠二郎は苦笑混じりに返した。

「半刻近く刀を抜き合わせてたら、誰だって精根尽きるよ。その間ずっと隙を作らなかったんだから、やっぱり偉い。知ってる？　本当の達人は、構えただけで相手に、『参りました』って言わせるんだよ」

そんな域にはほど遠いが、ほんの少し自信がついたことは確かだ。

「まだ身体は本調子じゃないんだ。お喋りはそれくらいにして、ひと眠りしろ」

「眠くない、退屈、お腹すいた。でもお粥《かゆ》は飽きた」

元気になった途端これだ。

その時、「ちょっといいかね」と声がして、襖が開いた。おはるが隙間から顔を覗かせる。

「おっ母が台所に来てくれって言ってるんだけんど」

誠二郎はうなずき、「おとなしく寝てろよ」と言い置いて立ち上がった。

中の間を通って小縁に下りると、母親がまな板の前で誠二郎を待っていた。

「お父が鴨《かも》の肉を手に入れてくれたんで、鍋にしようと思うたけんど、病み上がりには重いかねえ」

指差した先に、立派な肉の塊りがあった。

さっきの様子では大丈夫だという気がするが、ここで腹を壊されても困る。かといって誠二郎だけが鴨を食えば、美津は間違いなく暴れるだろう。

ふと思いついて誠二郎は、「へっついをお借りできますか」と母親に尋ねた。

母親はきょとんとした顔のままうなずいた。

美津はうたた寝をしていたようだが、誠二郎が部屋に入ると、すぐに身を起こした。

「待たせたな。飯だぞ」

「またお粥?」

「目先を変えて、おじやにしてみた」

「してみた、って。せいちゃんが作ったの？」

美津は目を丸くして、枕元に置かれた膳を見下ろした。

「鴨の肉があるというんで、叩いて団子にして味噌で煮た。これなら腹に優しいし、身体にもいいだろう？　ただし、くれぐれも……」

食いすぎるなと続けようとしたが、それよりも早く、美津は茶碗にかぶりついていた。

「お代わりは、なしだからな。ゆっくりと食せ」

返事はなかったが、箸の動きは落ち着いた。

味わうように、ひと口ひと口を噛みしめ、喉を鳴らす。

やがて美津は、食べ始めた時と打って変わって、静かに茶碗を置いた。

「美味しかった。ごちそうさま」

美津は誠二郎に向かって手を合わせ、にっこりと笑った。その満足げな笑顔を見て、誠二郎まで嬉しくなった。

「俺はおしゃもじが似合う男だからな。これくらいお手のものだ」

「やっぱり、武士にしておくのはもったいないなぁ」

「言うな。俺は武士だ。今さらそれ以外のものにはなれぬ」

「武士の世はもうすぐ終わるかもしれないよ。その時はどうするの？　時代と心中する？」

それは討幕派の合言葉だ。誠二郎は顔をしかめた。

「誰がそのようなことを」

「佐野のおじさん」

ならば腑に落ちる。

「佐野様はそうさせない為に奮闘しておられるのだ。その配下として働けるようになったことを嬉しく思う。世情は揺れているが、俺は徳川を守る為に、死力を尽くすつもりだ」

美津はふーんとうなずいた。

「あたしが京で斬る相手は、佐野のおじさんやせいちゃんが守ろうとしてる世の中を、壊したがっている人なわけね」

「だろうな」

「里の御役目は、敵を討つ日まで生きていく為の手段だって割り切ってたけど、今回はせいちゃんの為に頑張ろうかな」

誠二郎は幼い顔をみつめた。

里に入ったのは兄の無念を晴らす為だと知った今、そこまで美津を追い込んだ何者かが、誠二郎にとっても許しがたい敵のように思えてくる。

「これだけ長く姿をくらましてたら、京や江戸で騒ぎになってるかもしれないね」

膳を片す誠二郎を見やりながら、美津は呟いた。

「病だったのだから仕方ない。気にせず養生しろ」

「じゃあ、お腹もいっぱいになったから、腕枕」

「おはるさんたちがびっくりするだろ。ここにいる間はお預け」

美津は頬を膨らませた。

「いつまで？」

「熱が出たのは、旅の疲れがたまっていたせいだろう。もう二、三日様子を見て、按《あん》配《ばい》がよさそうなら出立しよう」

「いよいよ京かぁ」

美津が呟く。誠二郎も黙ってうなずいた。

――いよいよ京だ。

美津にとって生まれ育った土地なのだから、懐かしく思わない筈はなかろう。だが思い出を辿れば、血に染まった記憶に行き着いてしまう。その都へ今度は、新たな血を流す為に出向こうとしているのだ。

美津の心境はどのようなものなのか、誠二郎には察しようもなく、かける言葉はみつからなかった。


四日後、世話になった一家に暇《いとま》を告げて、百姓家を後にした。

石部宿で誠二郎たちが隠れ宿に着くと、案の定大騒ぎで出迎えられた。

血相を変えて飛び出してきた番頭に、誠二郎はことの次第を説明した。一部始終を聞き終えた番頭は、手際よく京と江戸に誠二郎たちの無事を知らせる手筈を整えた後、「大変でございましたな」と心からねぎらってくれた。

気のせいか誠二郎に対する態度が、これまでの宿の番頭と違っている。

そのことを美津に言うと、「二本差しが飾りじゃなくなって、ちゃんとした武士に見えるからじゃない？　今のせいちゃんは、あたしが見ても惚れ惚れするよ」と言われた。

これまではどう見られていたのだろうと訝ったが、深く考えないことにした。

夜になると美津は、待ってましたとばかりに添い寝をせがんできた。

「うん、これこれ。このつるつるの枕がないと、眠った気がしなかったんだよね」

美津は上機嫌で、誠二郎の腕と胸に顔をすり寄せてくる。

「あまりつるつると連発するな。胸毛がないことも髭が薄いことも、俺はけっこう気にしてるんだ」

「なんで？」

「なんでって……男らしくないだろ？」

「あたしが、もじゃもじゃは嫌いだと知ってて、そういうことを言う？」

「なれど……毛の三本くらいは欲しいかな、と……」

「あたしがいいと言ってるんだから、いいじゃない」

誠二郎ははたと、闇の中で目を瞬いた。

「それもそうか」

「そうだよ」

美津のひと言で、あっさりと納得してしまう自分に呆れたが、やはり深く考えないことにした。

自分の価値を決めるのは自分ではない。美津が惚れ惚れとしてくれて、気に入ってくれるのなら、それがすべてだ。


石部宿から先へ進むと、街道筋に神社仏閣が目につくようになった。早くも都の気配が、周囲に漂い始めている。

大津宿に着いて初めて、京での行き先を告げられた。

「五条橋東詰の、『かど屋』という旅籠を訪ねられますよう」

番頭が口にしたその場所が都のどの辺りになるのか、誠二郎には見当もつかなかったが、美津は知った顔でうなずいている。

翌朝早くに大津を発った。

京までは、わずか三里の道だ。

逢坂山《おうさかやま》を越えて山科《やましな》を抜ける。日岡の坂を上りつめてしばらく歩くと、不意に視界が開けた。

三方を山に囲まれ、すり鉢の底に張り付いているような家並みが、整然と眼下に広がっていた。

六

京の都は江戸とまったく違った。

江戸が放射状に広がる町だとすれば、京は四角く切り取られた碁盤の町だ。

曲がりくねった道が当たり前だと思っていた誠二郎は、小さな川までが、通りに沿ってまっすぐ流れていることに目を丸くした。

「まるたけえびすにおしおいけ……」

三条橋を過ぎた辺りから、美津が意味不明の歌を口ずさみ始めた。

「それは歌か？」

「江戸は坂の名前で場所を表すよね。京は通りの名で見当をつけるの。今のは東西に走る道を順番に並べたわらべ歌。便利だから覚えておいたほうがいいよ」

「なるほど」

「あのひと際高い山が比叡山《ひえいざん》で、方角は北。で、北から順に、丸竹夷二押御池。丸太町通、竹屋町通、って感じ。続きは、あねさんろっかくたこにしき、しあやぶったかまつまんごじょう。あたしたちは、姉小路から一本下の三条から六角通、蛸薬師《たこやくし》通と、川沿いに下がってきたの。あ、下がるって南に行くという意味ね」

「はあ……」

立て板に水の説明に、誠二郎はうなずくことしかできなかった。

「で、今は綾小路《あやのこうじ》と仏光寺《ぶっこうじ》通の間を歩いてるわけ。あと三つ、高辻、松原、万寿寺《まんじゅじ》と過ぎたら、目指す五条に着くよ。南北の縦の通りは、てらごこふやとみやなぎさかい、たかあいひがしくるまやちょう、からすりょうがえむろころも」

「ほとんど呪文だな」

「京に住む子どもは、いろはを習う前に、この歌を覚えさせられるんだよ。そのおかげかな。唄うのは四年ぶりなのに、碁盤の目を眺めた途端、頭の中に節がぱあっと浮かんできた」

「お美津はどこに住んでたんだ？」

「竹屋町通柳馬場上ル西入」

さらりと言われたが、どの辺りになるのか見当もつかない。

「町家の中に埋もれてるような、小さい屋敷だったけどね。今はどっかの藩の別邸になってるって」

「なんで知ってるんだ？」

「弔いや家の後始末をやってくれたのは、佐野のおじさんなの。あたしが里に入ってからも、時々顔を見せて、お墓の様子とか教えてくれる」

佐野がそこまでしていることに、少し驚いた。

「お前を、後戻りのできない道に追いやった罪滅ぼしか？」

「里に入ったのは、あたしが望んだことだって言ったでしょ。おじさんはちょっと偏屈だったりするけど、根は親切でいい人だよ」

美津は唇を尖らせたが、誠二郎は素直にうなずけなかった。

悪人だとまでは言わないが、前髪を残した子どもに敵討ちを勧めた一件からして、善意の人とも思えない。佐野が本当に心から美津の幸せを思っていたのなら、閉ざされた未来ではなく、まっとうな道に導いた筈だ。

おそらく佐野は、美津が一人生き残った理由を知った時、「徳川の為に使える」と踏んだのだろう。誠二郎を「御禄」という餌で釣り上げたように、「敵討ち」という甘言《かんげん》を用いて美津をその気にさせ、里へと送り込んだ――。

「あ、見えてきた。あれが五条橋だよ。東詰って言ってたから、あの家がそうみたい」

美津の声に、誠二郎は思考を中断させた。

川沿いに二階屋がびっしりと軒を連ねている。その中の一軒を、美津は指さしていた。

宿に入るなり美津は番頭に、「夕餉にはまだ早いん？　お腹すいてしもた」と話しかけた。

「嬢はんは、こちらのお方で？」

「そやねん。今回の御役目はこっち生まれの者やないとあかんみたいで、うちが江戸から呼ばれたんよ」

そんな話は初耳だ。目を白黒させている誠二郎の横で、番頭は素直にうなずきを返している。

「さようでございましたか。それはまた、難儀なことで」

「うちらのこと、上からはなんも聞いてへんの？」

「へぇ。手前どもの務めは、旅のお方をもてなすことのみでございますから。御下知は『いついつに着く客人を出迎えよ』という、そっけないものでございますよ」

柔和な物腰で、番頭は階段を上がっていく。

二階の部屋に通されて旅装を解いていると、さっそく女中がお茶菓子を運んできた。

「わぁ、『長五郎《ちょうごろう》』のお餅だ」

ひと目見て、美津が歓声を上げた。

「好物か？」

「うん。兄上が評判の店だぞって、よく買ってきてくれた。懐かしいなぁ」

「俺の前では、京言葉じゃないのか」

「あんたはんは、どっちゃのほうがお好みえ？」

「どっちでもいいなら、これまで通りでいてくれ。耳慣れない喋り方をされると、知らない人間と話してるようで落ち着かん」

「不思議だよね。使う言葉が違うと他人のような気がしたり、同じだというだけで親しみを覚えたりするの。番頭さんの口は軽くなってたでしょ？　でたらめ話を真に受けてたし、御役目について何も知らされてないっていうのは、嘘じゃないと思う。つまりあたしたちのことを相手側に流したのは、この宿の者以外の誰か、ってことになる」

誠二郎は美津の前に膝を詰めた。

「確かめる為に、わざと京言葉を使ったのか？」

「今までの宿は一泊するだけだったけど、ここは京での足場になるわけでしょ？　膝元に寝返ってる人がいたら、嫌だもんね」

羽二重餅を頬張りながら、美津はあっさりと言ってのけた。たいしたものだと感心すると同時に、誠二郎もその身を引き締めた。

そう、ここは魔都——京だ。この先は片時たりとも、気を緩めてはならぬ。

その時、一階が騒がしくなった。

何事かと耳をそばだてていると、階段から人が上がってくる気配がして、「御支配様がお見えです」という、女中の声が聞こえた。

手下を差し向けるのではなく、京の裏目付の頭目が、自ら足を運んできたらしい。

ほどなく襖が開き、頭巾を目深《まぶか》に被った侍が部屋に入ってきた。

侍は誠二郎たちの前に腰を下ろし、そろりと頭巾を取った。能面のように端整な顔がその下から現れた。

「三浦朱膳《みうらしゅぜん》と申す。長旅、大儀であった」

三浦は抑揚のない声で名乗った。

「真木誠二郎と申します」

型通り頭を下げた誠二郎を、三浦は切れ長の目で見据えた。

その唇が卑しげに歪《ゆが》む。

「佐野殿は、いささか肝っ玉の小さい若侍と評しておったが、なかなかどうして、いい面構えをしておる。さては美津に男にしてもらったか」

下劣な物言いが、誠二郎の癇《かん》に障《さわ》った。

「その言いようは誤解を招きましょう。見ての通りの子ども故、邪《よこし》まな気持ちを抱けというほうが無体と申すもの。妹がいればこのようなものかと、兄になったつもりで見守ってまいりました」

「さようか」

うなずきはしたものの、三浦は信じていないようだ。

腹の虫が治まらず、更に言葉を重ねようとした時、突然美津が「思い出した」と声を上げた。

「見たことのある顔だなぁって思ったら、佐野のおじさんの使い走りをしてた下侍の中にいたよね。偉そうにしてるから、すぐにはわかんなかったよ」

三浦は顔を強張らせた。顔色が白くなると、まさに能面のようだ。

「あの頃は佐野のおじさんの腰巾着って言われてたのに、いつの間にか〝佐野様〟じゃなくて、〝佐野殿〟って呼べる立場にのし上がったんだ。お追従《ついしょう》していた甲斐があったね」

内心快哉《かいさい》を叫びつつ誠二郎は、「お美津」と小さな声でたしなめた。途端にぴたりと口を閉ざした美津を目にして、三浦は鼻白《はなじろ》んだ。

「佐野殿にして手を焼く小鬼を、ようも見事に飼い慣らしたものよ」

「お美津は鬼でも獣でもありませぬ。飼い慣らすという言葉は如何《いかが》なものかと」

三浦は肩をそびやかした。

「なるほど。躾《しつ》けられたのはお主のほうか」

――なんだ、こいつは？　俺たちに含むところでもあるのか。

誠二郎が睨みつけると、三浦はつと目をそらした。

「まあよい。仕掛けを為すのは二日後。お主はそれまで、美津が逃げ出さぬよう、しっかりと見張っておれ」

誠二郎は眉をひそめた。

逃げ出さないよう見張れ、とは穏やかでない。

案の定美津が、「なんか腹立つ。あたしは逃げようと思ったことなんか一度もないよ」と声を尖らせた。

「名を聞けば、臆するやもしれんぞ。的は堂上家の、姉小路公知《あねがこうじきんとも》殿だ」

美津は、だからどうしたという顔で三浦を見返している。息を呑んだのは誠二郎のほうだった。

実権は失くしても、二千年の血を有する触れてはならない存在として、隠然たる力を保つ帝。そのお傍に仕える殿上人《てんじょうびと》を害することは、天朝様に弓引くも同然の行為となる。

「このお方は、毎月辰《たつ》の日に清水寺へ出向かれる。参詣《さんけい》故に警護も薄く、駕籠昇《か》きを除けば供連れは二人ほどがつくばかり。往路は日も高いが、帰りは夕七つの頃となる。まさに逢魔《おうま》が時。狙うには頃合いであろう。そなたは通りすがりの町娘を装って御駕籠に近づき、一行の不意をついて姉小路四位《しい》殿を斬って捨てよ」

「里の長の口癖がね、『言うは易《やす》く行うは難し』なの。今、それを思い出した」

美津に棘《とげ》のある言い方をされ、三浦は、目をすぼめた。

「今一つ、申し添えておくことがある。不逞浪士どもの探索に当たっている過程で、我らは姉小路卿が住職月照《げっしょう》に宛てた親書を手に入れた。そこには安政の大獄で連座した住職を気遣う言葉とともに、『恨みは必ず晴らし申し候』という一文があった」

それまで平然と菓子をつまんでいた美津の手が、凍りついたように止まった。

「それって……」

「さよう。住職が京から追い落とされた無念を晴らそうと、そなたの父上を始め、一家全員を亡き者にするよう謀《はか》った黒幕は、おそらくこのお方であろう」

美津は息を呑んだまま、宙に目を据えている。

「御役目に私情を交えることはよしとせぬが、止めを刺す前に、『父上の敵』と名乗りを上げる程度であれば、見過ごしてつかわす」

言いながら三浦はうっすらと笑った。

「当日は使いの者をよこす故、それまではここでおとなしゅう身を潜めておれ」

そう言い置くと三浦は、頭巾を手にして立ち上がった。

その姿が部屋の外に消えた後も、美津は身動《みじろ》ぎ一つしなかった。

死人のように表情の消えた顔は、鬼というよりも、手を伸ばせば消えてしまう亡霊のように見えた。

「お美津」

彼岸に呼びかけるような思いで、誠二郎は美津の耳元に顔を寄せた。一瞬身体を震わせた後、美津は弾かれたように振り返った。

「……せいちゃん」

——戻ってきてくれた。

誠二郎はほっとして肩の力を抜いた。

「顔色が悪いぞ。大丈夫か」

「うん、ちょっとびっくりしただけ」

無理もない。それほどに三浦の話は突拍子もなく、荒唐無稽な絵空事のようにすら思えた。

「お前は信じるのか？」

「何を？」

「御役目の的が敵と同一人物だったなんて、偶然にしてはできすぎだろう？」

「多分、偶然じゃないよ」

美津は独り言のように呟いた。

「的がたまたま敵だったんじゃなくて、あたしの敵だとわかったから、密殺に踏み切ることにしたんだよ」

誠二郎は眉を寄せた。

「どういうことだ？」

「不逞浪士の頭目が殿上人だとわかった時点で、佐野のおじさんたちは、いったん手を引いたと思う。このご時世で勤皇公家が殺されたら、下手人が挙がらなくても、幕府方の仕業だろうって誰もが思うよね。天朝様に歯向かう気が欠片もない幕府としては、疑われるだけでも由々しきことだから。ところが調べを進めているうちに、相手があたしの敵に当たる身だってわかって、『これはいける』ってことになったんじゃないかな。名目が敵討ちなら、『徳川は与《あず》り知《か》らぬこと』と、天下に触れまわれるでしょ？」

胃の腑が縮んでせり上がってくるような気がした。

「……番頭についた嘘は、はからずも的を射ていたわけか」

「ずっと変だなって思ってたんだ。これまでは近場の御役目しか命じてこなかったのに、せいちゃんを仲間に引き入れる手間までかけて、なんであたしに長旅をさせるんだろう、って」

誠二郎はまじまじと、美津の顔をみつめた。

「それでお前は……おめおめと連中の手に乗るつもりか？」

美津はあっさりとうなずいた。

「幕府の裏方が、総出でお膳立てを整えてくれるわけでしょ？　ありがたく乗らせてもらうよ」

「その後は？　今のお前の話だと、ことを為した後は、裏目付も幕府もそっぽを向くぞ。御禁裏と勤皇派に追われながら、たった一人でどうやって逃げ切る気だ？」

美津は初めて気づいたかのように目を見開いた。

「そっか。後のことまでは考えてなかった」

「お前……」

「どうしようかな。浜松の親分さんなら匿《かくま》ってくれそう。薩摩藩邸《さつまはん》に駆け込むって手もあるかな。ううん、それより……」

言葉の途中で襖の向こうから、「夕餉の膳をお運びしてもよろしいでしょうか」という声がした。取り込み中なので、と誠二郎が答えようとするより先に、美津は「はーい」と大声を上げた。

「まあ、なんとかなるでしょ。取りあえず食べて、寝て。続きは明日考えよ」

はぐらかされたと思った。

思えばいつもそうだ。肝心な話になると、美津の口は途端に重くなる。

――俺は、まだまだ頼りにならないということか。

美津は膳に並んだ黒豆やかぶら蒸しを、「懐かしい」と連呼しながらたいらげている。誠二郎も箸を手にしたが、それを動かす気にはなれなかった。

翌日、朝餉をすませるや、美津は出かける支度をし始めた。

「三浦様は、ここで身を潜めていろと言っていたが」

誠二郎の言葉に、美津は口元を歪めた。

「あたし、あのおじさん嫌い」

「それは大いに同感だ」

「でしょ？　あんなのの言うことなんか、聞く必要ないよ」

「番頭に咎《とが》められるやもしれんぞ」

「大丈夫。多分、宿に閉じ込めておけ、なんて下知は出てないよ。ただ、嫌がらせをしたかっただけだと思う」

そう言うと美津は、さっさと階下に下りていった。

美津が言った通りだった。

番頭は他の客と同様に、「気をつけてお帰り」と見送るだけで、行き先を尋ねてもこなかった。

「俺に見張れと言ったのも当てこすりか？　とことん底意地の悪い性格だな」

「たいした器じゃないのに、無理して偉そうにしようとすると、ああなるみたい。ちょっとは、せいちゃんを見習って欲しいよね」

「俺？」

「せいちゃんは誰に対しても威張ったりしないでしょ？　せいちゃんみたいに、普段はとことん控えめで優しい人のほうが、本当は強いんだよ」

「俺は怖がりで小心者だぞ」

「それはそれ、これはこれってこと」

臆病者でも、強いと言ってくれるのか。

なぜか、顔が火照った。寒風にさらされたせいかと思ったが、それにしては胸まで波打っている。

「この上に家のお墓があるんだけど、寄っていってもいいかな。こんな近くまで来てお参りせずに帰ったら、兄上やご先祖様に叱られそう」

黙りこくってしまった誠二郎の様子を気に留めるふうもなく、美津は目の前の山を指差した。誠二郎ははっとして襟を正した。

褒められただけで、動揺している場合ではなかった。明日という日を控えて、誠二郎も覚悟を定めておかねばならない。

美津は山のほうへ向かって、緩い坂を上がっていく。

山門をくぐった先には、墓石がびっしりと立ち並んでいた。粗末な階段を上り、かなり奥まった場所まで来て、美津は足を止めた。

椿の生け垣に囲まれた敷地の中に、未だ苔のついていない二基の墓石があった。周囲は綺麗に掃き清められ、菊の花が供えられている。

「少し前にも、誰かが参ったみたいだな」

「父上のお仲間か、兄上の友達だと思う」

きちんと手入れがされていることに、美津はほっとしたようだった。

美津とともに夫婦墓《めおと》に手を合わせた後、誠二郎は隣りに並ぶ墓石に目を向けた。夫婦墓よりひとまわり小さい墓石には、宮島《みやじま》一之進という名が刻まれている。

その前に佇んだ誠二郎は、温かな空気に包まれたように感じた。まるで大きく腕を広げた一之進に、肩を抱かれているような心地だ。

誠二郎はその場に膝をつき、こうべを垂れた。

――お初にお目にかかります。私は真木誠二郎と申す者。縁あって、お美津の供を仰せつかり、江戸からここまで旅をしてまいりました。今では実の妹同然に……いえ、それ以上にお美津が愛《いと》おしく、この先も頼りにしたいと思っております。明日お美津は、あなた方の敵を討つ為、修羅場に向かいます。私は未熟者ですが、最期までお美津を守ろうとした一之進殿の思いを、この身に受け継ぎたく思っております。お美津が本願を遂げられるよう……何よりも無事であるよう、一之進殿もお守りくださいますよう、お願いいたしまする。

丁寧に念じた後、足下に目を落とした。この先は一之進とともに美津を見守っていきたい、という思いを込めて、ひとくれの土をすくい、懐紙に包んで袂《たもと》に収めた。

立ち上がってふと見ると、目の前で椿の花が、風もないのに揺れていた。

一之進に促されているような気がして、誠二郎は椿に手を伸ばした。

「お美津、ほら」

手折《たお》った一輪の花を、墓前で手を合わせている美津の髪に挿してやる。美津は顔を上げて誠二郎を見た。

「お前は赤い色が似合う。無邪気で、強情な色だ」

「血の色だって、わかって言ってる？」

「たまたま血が赤いというだけだろう？　そんな理由で嫌ったら、鳥居や梅干が気を悪くするぞ」

美津は髪に手を添え、にっこりと微笑んだ。

「せいちゃんのそういうとこ、好きだよ」

「どういうところだ？」

「梅干にも優しいとこ」

再び胸が波打った。

なぜ今日は、美津のひと言ひと言が、こんなにも胸に響くのだろう。

緊張のせいで自分がおかしくなっているのかと思ったが、美津の横顔を眺めているうちに、そうではないと気づいた。

顔つきがいつもと違うのだ。どこがと問われても困るが、表情から毒気が抜けているような気がする。御役目では動じない美津も、ことが敵討ちとなると、さすがに思うところがあるのだろうか。

「ご両親に、敵を討つと告げたのか?」

墓前を離れ、しばらく歩いたところで、誠二郎は尋ねてみた。美津はとんでもないとばかりに首を振った。

「そんなこと話したら、心配して化けて出てくるよ。あたしは元気でやってるから大丈夫だよ、って言っただけ。せいちゃんこそ、兄上と何を話してたの?」

誠二郎は一之進の真新しい墓石を、痛々しい思いとともに脳裏に浮かべた。

「まあ、自己紹介と、挨拶みたいなものだ」

「あたしも兄上に、この人がせいちゃんだよって教えた。兄上はひと目で、せいちゃんのことが気に入ったみたい」

「それはよか……」

誠二郎は言葉を切り、「しまった」と呟いた。

「どうしたの?」

「お前を大切にしたいと誓うべきところを、頼りにしたいと言ってしまった」

美津は目を見開いた後、思い切り噴き出した。

「一之進殿も呆れておるだろう。急ぎ引き返して、誓い直さなくては」

「もう参道に出てるのに？」

墓所をぐるりとまわって、清水寺の裏手に抜けたらしい。参拝客がちらほらと目につく。

「日を改めて、でいいじゃない。今から戻っても兄上のことだから、草葉の陰で笑い転げてて、しばらくは出てこないよ」

痛恨の失態を犯してしまったと気うつになったが、美津は逆に生気を取り戻している。

「お前、俺が何かしくじるたびに嬉しがってないか？」

「気のせいだって。それよりせいちゃん、清水寺を見たい？」

「やめておく。今行くと舞台から落ちて、またお前を喜ばせそうだ」

「だったらこのまま歩いて、祇園《ぎおん》でお昼にしようか。あ、その前に団子で軽く腹ごしらえしてもいいな」

そう言いながら美津は、参道沿いの茶屋を見まわした。

「前を見て歩け。また人にぶつかるぞ」

「せいちゃんこそ気をつけて。ここは三年坂って呼ばれてて、転ぶと三年で死んじゃうんだよ」

誠二郎は足下を見やった。一見すると坂のように見える段差のない階段が、長々と続いている。

「寺の近くに、そんな物騒なものがあるのか」

「安産祈願に参拝する妊婦さんが多いから、注意して歩けって脅してるんだろうね」

「こんな、なんでもないところで転ぶようなうつけが」

おるのか、と続ける前に足が滑った。

尻もちをついたまま見上げると、美津が両手で口元を覆っていた。悲鳴を堪えているのかと思ったが、違った。美津は必死に笑いをかみ殺していた。

「さっきは派手に噴き出したくせに。いいぞ。笑いたきゃ笑え」

埃を払いながら、誠二郎は憮然として立ち上がった。

「よかったね、清水の舞台に行かなくて。せいちゃんなら本当に落っこちてたかも」

「なんとでも言え。三年も生きられたら、むしろ上等だ」

美津は「ちょっと待ってね」と言うと、傍らの店に入っていった。戻ってきた美津の手には、握り拳ほどの小さな瓢箪がぶら下がっていた。

「ここも隠れ宿か?」

「まさか。目印じゃなくて、これはお守りだよ。うっかり転んで魂が飛び出してしまっても、瓢箪が吸い取って身体に戻してくれるの。身に着けていれば、絶対に長生きできるから」

転ぶと死ぬ、と脅しておきながら、瓢箪一つで救われるとは都合のいい話だと思ったが、わざわざ買い求めてくれた美津の気持ちは嬉しかった。

「じゃあ、お美津の分は、俺が買ってやろう」

美津の目が、一瞬遠くなった。

「いいよ、いらない」

そう言い捨てるなり、美津はさっさと坂を下りていく。誠二郎は瓢箪を握りしめたまま、慌てて後を追った。

「どうして? 持っていれば長生きできるんだろ?」

「お守りなら、もう貰ったから」

美津は髪に挿した椿の花に手をやった。

「そんなもの、霊験《れいげん》も何もないぞ」

「瓢箪の霊験より、せいちゃんの気持ちのほうが、ずっと御利益があるよ」

途端に心の臓が跳ね、再び足を滑らせそうになった。

「せいちゃん、もう一個瓢箪がいるんじゃない？」

美津にからかわれ、誠二郎は赤面した。

確かにお守りが百個あっても足りないのは誠二郎のほうで、美津には必要なさそうだ。ここは潔く、我が身の力不足を認めるしかあるまい。

「墓前での誓いを、言い改めるのはやめだ。俺の力でお前を守ろうとするより、お前を頼りにして動くほうが、よほど為になるだろう。だから頼む。この先どういう段取りを組むつもりでいるのか、それだけでも教えてくれないか」

見栄も外聞もなく、誠二郎は懇願した。美津は、任せてとばかりに鼻を膨らませた。

「もう、ばっちり。まずこのまま祇園まで行くでしょ。あの辺りは料亭や芝居茶屋がいっぱいあるから、蕎麦から懐石まで選び放題だよ。その後は石段下まで行って、くずきりを食べるつもりだから、よろしくね」

誠二郎は大きく息を吸い込んだ。

「誰が飯の話をしている？　俺が聞きたいのは、明日の仕掛けを為した後の段取りだ」

一転して美津はしかめ面になった。

「お店は腹具合と相談するだけだから簡単だけど、そっちは状況次第だからなぁ」

誠二郎が頭に血を上らせかけた時、人混みの中から「兄上」と呼ぶ声が響いた。振り返った誠二郎は、思わず目を見張った。

「文三郎じゃないか。どうしてここに？」

「それはこっちの台詞だよ」

長崎にいる筈の弟がなぜ目の前にいるのか、わけがわからなかった。二の句が継げないまま突っ立っていると、美津に袖を引っ張られた。

「兄上、この人、誰？」

「兄上？」

美津の呼びかけを聞いて、文三郎は目を丸くした。

「まさか俺が家を出た後、母上にお子が？」

「馬鹿。そんなことある筈ないだろ」

「じゃあ、父上の隠し子？」

「いい加減にしろ。わけあって、兄妹のふりをしているだけだ」

「あはは、この人面白い」

嬌声《きょうせい》を上げた美津に、文三郎はにっこりと笑いかけた。

「お褒めをいただき、かたじけなく存じまする。私は真木家の三男で、文三郎と申す者」

改まった挨拶をされ、美津は直立不動になった。

「おおきに。うちは美津と申します。どうぞよろしゅう」

「京のお人？」

文三郎に尋ねられ、誠二郎は返答に窮した。

「いや、なんというか……なんでお前、いきなり京言葉になるんだ？」

宿の番頭に対した時は、油断を誘う為わざと相手に合わせた。その前に聞いたのは本音を吐き出した時だった。今はそのどちらでもあるまい。

「そないなこと言われたかて、ちゃんとした挨拶の仕方って、こっちの言葉でしか習《なろ》うてへんのやもん」

言われて改めて、そうだったと思い至った。

美津が普通の家の子どもとして育てられたのは八歳までで、その後は人を殺す技のみを叩き込まれて生きてきたのだ。

事情があると察したのだろう。文三郎は深入りしてくることなく、「時間はある？」と聞いてきた。

「三年ぶりだし、茶屋でゆっくり話さない？」

「お前はいいのか？」

「うん。屋敷に帰っても物騒で、居場所がないんだ」

意味不明の答えを返し、文三郎は先に立って歩きだした。

祇園の町は、大通りから一歩外れると、迷路のような小路が入り組んでいる。文三郎はその道を、右に折れ左に折れしながら迷わず進んでいく。どうやら近くに馴染みの店があるらしい。

「どうして兄弟が離れ離れになってるの？」

文三郎の後に続きながら、美津は誠二郎に向かって小首を傾げた。

「こいつは小さい頃から頭の出来がよくてな。元御典医に推挙されて、三年前から長崎で蘭方医学を学んでるんだ。いずれはひとかどの医者になるだろう」

「せいちゃんも、役立たずの身だって腐ってないで、そうすればよかったのに」

「人に勧めるんなら、お前がなれ」

「無理。あたし、字がいっぱい並んでるのを見ると、模様に見えてくる」

「俺だって同じだ」

前を歩いていた文三郎が、笑いを噛み殺しながら振り返った。

「ここだよ」

間口の狭い店だった。

江戸では間口の幅と建坪が一致しているだけに、こぢんまりとした茶屋だろうと思いながら、誠二郎は暖簾をくぐった。だが奥行きは驚くほど深く、廊下を歩くうちに、表の喧騒がどんどんと遠ざかっていく。

通された座敷は坪庭に面していて、窓障子に松の影がうっすらと映っていた。

「いい店を知ってるな。いつからお前、お座敷遊びを覚えたんだ？」

「そんなんじゃないよ。先生に連れられて、二度ほど来たことがあるだけ」

待つ間もなく酒肴が運ばれてきた。銚子を手にした文三郎の前に、「あたしもお相伴」と言いながら、美津が盃を差し出す。

「駄目だ。おなごが昼間から、酒をかっ喰らってなんとする」

「一杯くらい、どうってことないのに」

拗《す》ねる美津に文三郎が、「お美津さんには甘酒を頼んであげるよ。それで我慢して」となだめた。

美津はうなずき、まじまじと文三郎をみつめた。

「せいちゃんよりずっと優しい。ねえ、ぶんちゃんって呼んでもいい？」

「いいよ」

「胸毛はある？」

「お美津ッ」

誠二郎は大声を上げた。

添い寝だけならいざ知らず、つるつるの枕にされていることをばらされてはたまらない。弟が知れば間違いなく、終生からかいの種にされるだろう。

「仲がいいね。本当はどういう関係なの？」

「誤解するなよ。いろいろあって、江戸から京へ上るお美津のお供を命じられただけだ。邪《よこし》まな関係では断じてない。お前こそ、何でここにいるんだ？」

「兄上と同じだよ。長崎で師事してる先生が、天朝様のお召しを受けたんで、その付き添い」

「じゃあ、ぶんちゃんの先生って、勤皇派なの？」

誠二郎は顔を強張らせて弟を見た。

「そうなのか？」

「医者には勤皇も佐幕もないよ。勤皇派だから病にかからない、佐幕派だから怪我をしない、ってことはないでしょ？　乞われれば、敵も味方も関係なく診るよ」

「なるほどな」

「いいね、そういうの」

「天朝様は先生をお抱えにしたいみたい。でも先生にその気はないから、診察と御前講義だけしてさっさと長崎に戻るつもりでいたんだ。だけど仲介者の屋敷に着いてみれば、それどころではないっていう雰囲気でね。仕方ないから暇潰しに、京見物としゃれこんだわけ。おかげで兄上に会えたから、怪我の功名かな」

「人を招いておいてほっぽらかしとは、無礼な話だな」

文三郎は肩をすくめた。

「まあ、無理もないよ。逗留先は姉小路ってお方のところなんだけど、当主を討とうと謀る不埒者がいるらしくてね。『狙うは参詣の道中也』っていう密告があったとかで、屋敷中が上を下への大騒ぎなんだ。噂には聞いてたけど、京って物騒なところだね」

寸刻だと思う。

息が止まった。

姉小路、参詣、密告、道中という言葉が、切れ切れに頭の中を舞う。それらが一つに結びついた瞬間、誠二郎は膳を蹴って、文三郎につかみかかっていた。

「いつ密告が？　誰からだ？　他に何か聞いてるか？」

声を張り上げたところで、後ろから美津に、思い切り頭をはたかれた。

「どうしてせいちゃんは、陰謀話になると熱くなるの？　だから侍って嫌い」

言い返そうとして、美津に目で押さえられた。

「じゃあ、ぶんちゃんは、まだしばらく京にいるの？」

誠二郎の剣幕に目を白黒させていた文三郎だったが、美津に問われて、我に返ったようにうなずいた。

「まだ用はすんでないから」

「あたしたちは、明日発つの。今日会えてなかったら、すれ違いになるとこだったね」

「なんだ。せっかくだから、兄上の身体も診てやろうと思ってたのに」

「病気でない人も診るの？」

美津はあっという間に、話題を医術のほうへ持っていってしまった。

――それどころではないだろう？

何度もそう叫びそうになったが、美津はすました顔で、文三郎と他愛のない話に終始している。

誠二郎は仕方なく、美津の横顔を見据えているより他なかった。

八つ過ぎに茶屋を出て、南座の前で文三郎と別れた。

「では、兄上。父上と母上によろしくお伝えください」

折り目正しく低頭して、文三郎は雑踏の中に消えていく。

「いい弟さんね。会えて嬉しかったでしょ？」

誠二郎は答えずに歩きだした。

「どこに行くの？」

「のんびりしてる場合じゃないだろ。早く宿に戻って、一大事だってことを伝えないと」

足を踏み出した途端、今度はさっきよりも強く頭を殴られた。

「お前、武士の頭をぽんぽんと……」

「まわらない頭なら、ないほうがまし」

「なんだと？」

「ぶんちゃんの前で血相を変えたでしょ。あの場で大騒ぎしたら、姉小路の家を騒がせてる不埒者とは自分たちです、って白状してるようなもんじゃない。そうと察したら、ぶんちゃんはきっと、兄の為にひと役買おうと張り切るよ。可愛い弟に、間者《かんじゃ》の真似なんかさせてどうすんの？」

誠二郎は息を呑んだ。

「今だって、そう。こっち側の動きは、相手に筒抜けになってると見ていい。かくかくしかじかって上に告げたら、まんま向こうに伝わるよ。そうしたら、『敵方に内情を漏らしたのは誰だ？』って話になる。真っ先に疑われるのは、身内でない者――つまり先生かぶんちゃんだよ。内通者とみなされたら、ただではすまない。なますにされたぶんちゃんの死体なんか、見たくないでしょ？」

言葉もなかった。

「……お前の言う通りだ。俺の考えが浅かった」

うなだれた誠二郎を前にして、美津は声を落とした。

「せいちゃんは、密告も策略も、卑怯な行いだと思ってる？」

「むろんだ」

「だけど、この先も佐野のおじさんの手の者でいるつもりなら、その考えは改めておいたほうがいいよ。裏の世界には、狐と狸しかいないから」

佐野の名を耳にして、誠二郎は顔を上げた。

「宿の番頭は白なんだろう？　番頭に経緯を話して、京の裏目付を通さずに佐野様へつなぎを取って欲しいと、頼んでみたらどうだ？」

「佐野のおじさんの耳に入る頃には、すべて終わってるよ」

「では、どうする気だ」

誠二郎は語気を強めた。往来の真ん中で言い合っている二人を、道行く人たちが怪《け》訝《げん》そうに振り返っていく。だが誠二郎には、人目を気にしている余裕などなかった。

「参詣故に警護は薄い、という前提は崩れた。不意を打つこともかなわない。こちらの謀《はかり》が漏れていることを上に告げて、日延べを頼むこともできない。どう考えても八方塞がりだろう？」

「何も知らずに仕掛けていたら、話が違う、と慌てたかもしれない。でもぶんちゃんのおかげで、向こうの動きを知ることができた。逆に向こうは、未だにあたしが不意を打つつもりで襲ってくるものと思い込んでる」

「それで？」

誠二郎は思わず身を乗り出した。

「ねえ、先にくずきりを食べにいこうよ。お店が閉まっちゃう」

美津がまた、予期しないところに話を飛ばしてきた。誠二郎は目を剝いた。

「いい加減にしろよ。今日という今日は、断じてはぐらかされないぞ。策があるなら話してくれ。俺に手助けできることがあれば、なんでもする」

「これはあたしの御役目だから、せいちゃんに助けてもらうわけにはいかないよ」

「御役目に首を突っ込もうというのではない。敵討ちの助っ人を買って出たいだけだ」

「駄目」

即答だった。

「なんでだ。護衛の一人や二人くらいなら、俺にだってなんとでも……」

「その一、せいちゃんが仕掛けの現場に来ることを、上は絶対に認めない。その二、せいちゃんには人を斬ってほしくない。その三……」

言い差して、美津はうつむいた。

「……あたしが鬼になってるところを、見られたくない」

誠二郎は啞然《あぜん》とした。

「今さら、なんだ?　お前が鬼になろうと、丸ごと蛇に化けようと、俺はなんとも思わぬぞ」

「それでも、やなものはやなの」

言い切ると美津は、誠二郎から目を背けたまま、勢いよく歩きだした。

こうなるともう、押しても引いても無駄であることはわかっている。

――つまらんことにこだわってる場合か？　手の内は読まれてしまっているんだ。下手に押し切れば、本当に死ぬぞ。

ふと、姉小路が敵であると知らされた時の、彼岸をみつめているような美津の目が、脳裏をかすめた。

――もしや美津は、生きて戻るつもりがないのではないか。

まさか、と思った。

だがそう考えれば、すべてが腑に落ちる。

だから、何を差し置いても先に、墓参りをすませた。

だから、お守りの瓢箪をいらないと言った。

だから、相手が待ち構えている中に飛び込むことになるとわかっても、平然としている。

誠二郎に見られたくないと言ったのも、〝鬼になっているところ〟ではなく、〝自分が死ぬところ〟を、という意味だったとしたら――。

「お美津……」

声をかけたが、美津は石段下を目指して、振り返ることなく歩いていく。

――本当に討ち死にする気なら、どんなに懇願しようと、お美津は俺の同行を認めないだろう。ならば、俺はどうすればいい?

すぐ横を駕籠が走り抜けていった拍子に、袂で懐紙がかさりと鳴った。

誠二郎は袂に手を入れ、一之進の墓の土にそっと触れた。

賊に襲われながら、逃げ出すより先に妹のもとへ駆けつけようとした一之進ならば、自分がどうなろうと、美津一人を死地に向かわせたりはすまい。

――いつか冥途で会った時、一之進殿に顔向けができない真似だけはしたくない。

そんな誠二郎の気持ちをおそらく知り尽くした上で、美津の背中はなおも頑なに、誠二郎が向ける視線を跳ね返していた。

七

翌日の午の刻前、三浦の配下を名乗る侍と町人の二人連れが宿に現れた。

もっとも町人のなりをしているだけで、二人とも武士であることは、左の腰を落とした歩き方で察せられた。二本差しが身についている侍は、刀を帯びていなくても、足の運びでそれとわかる。

「お迎えにあがりました。御支度はできておりましょうか」

町人姿の男のほうが、部屋で美津と向き合うなり、腰を低くして告げた。

「支度というほどのものはないよ。で、どこに行くの?」

「見張り役の者から知らせがあり、御駕籠が清和院御門を出たとのこと。美津殿には待ち伏せ場所の近くにて、夕刻まで身を潜めていただきたく」

美津とともにその言葉を聞いた誠二郎は、膝の上に置いていた手を握りしめた。

狙われていることを知った姉小路側が参詣を取り止めてくれることに、一縷《いちる》の望みをかけていたが、どうやらその見込みは潰えたらしい。

「御駕籠の道筋って、あらかじめ決まってんの？」

「四位殿は、方角を気にするお方故に」

「今日に限って、違う道を選ぶかもしれないよ。そうしたら待ちぼうけになっちゃうね」

参詣を取り止めなくても、用心して通る道を変えてくることはあり得る。だが二人は、怪訝そうな顔をするばかりだ。

二人とも、こちらの動きが相手方に漏れていることを知らない。つまり密告には関わっていないということだ。美津はそれを確かめたかっただけかもしれない。

「ま、どうでもいいか。そうなった時はまた、その時ってことで」

美津はあっさりと話題を切り上げ、さばさばとした動作で腰を浮かせた。町人姿の男がともに立ち上がる。

「じゃあね、せいちゃん」

美津が笑顔を向ける。

「ぬかるなよ。本懐を遂げろ」

誠二郎の言葉に美津はうなずき、町人姿の男とともに部屋から出ていった。

――こうなったら、お美津の裏をかく。

それが考えあぐねた末、誠二郎が出した結論だった。

聞き分けたふりを装って、素直に美津を送り出す。それからこっそりと宿を抜け出し、美津たちの後を尾ける。仕掛けるその時まで、美津には気づかれないよう身を潜め、いざとなれば飛び出していって助太刀をする。

そう決めていたのだが、連れの侍のほうは端座したまま、辞去する素振りをみせない。

そろそろ宿を出て後を追わないと見失ってしまうと思い、誠二郎は焦った。

「そこもとは？　お美津の供をされぬのか」

「拙者は真木殿の案内を仰せつかっておる。これより、三浦様の屋敷までご足労願いたい」

冗談じゃない、と危うく叫ぶところだった。

三浦の顔など見たくもないし、今はそれどころではないのだ。

「私の御役目は終わった筈。京の町は性に合わぬ故、すぐにも江戸へと発ちたいのだ」

「その旨は三浦様の御面前にて申すがよかろう。拙者は下知に従うのみ」

一瞬、この男を斬り捨てるしかないかと、拳を握りしめた。だが騒ぎを起こさず、一太刀で相手を仕留める自信はまったくない。逆に斬り伏せられれば、美津を守るどころではなくなってしまう。

誠二郎の心の内を知る由もない侍は、「江戸より佐野様が参られております。おそらくはお二人して、そこもとの労をねぎらうおつもりかと」と続けた。

その言葉は予想外にすぎた。

だがこれは朗報だ。こちらの動きが姉小路側に筒抜けになっていることを佐野に伝えれば、今日の仕掛けは取り止めとなるかもしれない。

「案内をお願いいたす」

そう答えて、誠二郎は腰を浮かせた。

三浦の屋敷は、宿から川筋を少しばかり下った、鞘町通沿いにあった。

門をくぐった侍は玄関に向かわず、庭のほうへとまわっていく。

沓脱《くつぬ》ぎから広縁に上がった侍は障子の前に控え、「真木誠二郎殿をお連れいたしました」と声を投げた。

すぐに障子が開き、少し年かさの侍が廊下に出てきた。誠二郎と年かさの侍を広縁に残し、案内をしてきた侍は部屋の中に姿を消した。

待つうちに広縁へ戻ってきた侍は、「どうぞ、奥へ」と障子の向こうを指し示した。

二人は同席しないらしく、次の間へ去っていく。

西に面した座敷は光が差し込まず、八畳間の奥は薄暗かった。そこに佐野と三浦が並んで座っていた。

佐野は誠二郎を前にするや、「久しぶりじゃな」と相好を崩した。

「長の御役目、大儀であった。あのわがまま娘を、さしたる騒動も起こさせず京まで送り届けるとは、たいしたものじゃ」

誠二郎は二人の前で膝を揃え、両手をついて軽く頭を下げた。

「この地で佐野様と相まみえるとは、思ってもおりませんでした」

「鈴鹿の峠でそなたらが姿を消したという知らせを受け、早駕籠と早馬で馳せ参じたのじゃ。巷で妙な噂が流れ、無頼の者がそなたらをつけ狙っていると聞き及んだ後だっただけに、万一のことがあってはと懸念した。よもや美津が病で伏せっておったとは、まさに鬼の霍乱《かくらん》じゃの」

早馬は寝る間も惜しんで馬を操らねばならず、早駕籠は激しい揺れにさらされる為、若く頑健な者でも疲労困憊すると聞く。だが目の前の佐野は疲れた素振りも見せず、かくしゃくとしていた。

「ようよう子守り役から解放されて、そなたもほっとしておるようじゃな。一刻も早く江戸へ向かいたいという気持ちはわかるが、ここは曲げて、あと二刻ばかり出立を遅らせてもらいたい」

なぜ佐野は、誠二郎が美津と離れて喜んでいるかのような言いまわしをするのだろう。

首をひねりかけたところで誠二郎は、迎え役の侍が、先に部屋へ入っていったことを思い出した。

あの時男は佐野に、宿での様子を報告していたのだろう。

迎えに赴いてきた男たちは、多少の愁嘆場を覚悟していたに違いない。

誠二郎と美津は、江戸から二人きりで旅をしてきた仲だ。ならば互いに涙のひと筋も流し、抱きあって別れを惜しむであろう、と。だが美津は人前で弱みをさらすような女ではないし、すぐに後を追いかけるつもりでいた誠二郎は、そもそも別れの場であると、認識していなかった。

そうと知る由のない二人の目には、誠二郎たちのやり取りは、さぞや冷淡なものに映ったことだろう。しかも「すぐにも江戸へと発ちたい」という台詞を聞けば、誠二郎が美津と別れて喜んでいると思われても無理はない。

「出立を遅らせよ、とは?」

「京を出る前に、ひと仕事頼みたいのじゃ。この御役目に当たるのは、京の地に無縁な者でなければならぬ。あらかじめ要員を手配していたが、あろうことかそやつは、昨夜賭場《とば》でいざこざを起こして逐電しよった。となるとよそ者は、そなたとわししかおらぬ」

「御下知とあらば二刻と言わず、幾日でも遅らせまする」

佐野はいかつい顔をほころばせた。

「わしが見込んだだけのことはある。その忠誠心はそなたの取り柄じゃ。大切にいたせ」

「は」

やたらに人を持ち上げる癖は変わっていないようだ。だが無駄話をしている間にも時は刻々と過ぎていく。

できれば今すぐ、「申し上げたいことがございます」と、密告の件について切り出したかった。だが三浦の耳には入れたくない。人払いを頼むには、まず佐野の用件を聞き終えねばなるまい。

誠二郎は頭を下げたまま、佐野が言葉を続けるのを待った。

「これより二刻ばかり後、参詣を終えた四位殿の御駕籠を、美津が物陰から襲う手筈となっておる。そなたにやってもらいたいのは、要するに最後の仕上げじゃ」

打ち明ける糸口に迷っていたら、佐野のほうから美津の名が出た。誠二郎は思わず耳をそばだてた。

「通常であればお付きの護衛は一人か二人。待ち伏せて不意をつけば、すぐに始末はつくと美津は思っておるだろう。だがこちらの的が四位殿であることも、参詣帰りを狙われていることも、相手側にばれておる。もはや不意打ちはかなわず、逆に美津は、刺客を迎え討とうと待ち構えている者どもの中に飛び込むことになる」

告げようとしたことを、丸ごと佐野に先取りされた。

さすが、探り合いを生業としている目付衆だけのことはある。誠二郎たちがつかんだ程度のことは、とうに把握済みらしい。

――ひと仕事とは、仕掛けを中止する段取りを組むことだろうか。

胸を高鳴らせながら誠二郎は、わずかに目を上げて佐野の顔を仰ぎ見た。

「稀有《けう》な才を持つとは申せ、しょせんおなごの身。数多の手練れに包まれてしまえばそれまでであろう。そなたの役目は、通りすがりの旅人を装って現地へ出張り、美津の生死を確かめることじゃ。そなたは奉行所や守護職の者どもに顔を知られておらぬ。江戸言葉で話しかければ、余計な疑いも持たれまい」

期待していた言葉ではなかった。

「生死、とは?」

「里の住人ともあろう者が生き恥をさらすとは思えんが、万一ということもある。もし捕縛されているようであれば、身柄がいずこへ運ばれたかを、役人どもから聞き出せ。お調べで我らとの関係を白状されれば一大事。その前に口を封じねばならん」

そこで言葉を切ると、佐野は探るような目で誠二郎を見た。

人というものはあまりに驚きが大きいと、魂が抜け出て腑抜けになってしまうものらしい。

佐野に返事を促されているような気がしたが、誠二郎は声もなく、ぼんやりと佐野の顔を見返すことしかできなかった。

無言を得心の証しと受け取ったのだろう。佐野は変わらぬ口調で話を続けた。

「居場所さえわかれば、息の根を止めるのはたやすいこと。よいな、ぬかるでないぞ。この絵図を仕上げることは天下の安寧の為なのじゃ」

誠二郎の顔はまだ、呆《ほう》けたままだった。

「我らへの報告をすませた後は、先だっての予定通り、すぐに江戸へ発つがよい。暗くなってからの出立になるが、大津宿なら亥《い》の刻までに着けよう」

そう言ってから佐野は、誠二郎の着流し姿を一瞥《いちべつ》した。

「京を発つ支度をする前に、ここへ出向いてきたようじゃな。だが宿へ戻る必要はない。旅の者を装うが為の装束は、こちらで用意いたす。そなたは刻限まで、隣りの部屋で控えておれ」

話の内容とは裏腹に、佐野の表情も語調も穏やかだった。そのちぐはぐさが腑に落ちず、たった今耳にしたことは聞き間違いだったのではないか、というような気がしてくる。

そうだ、どう考えてもおかしい。

内方に姉小路側と通じている者がいるせいで的を仕損じたとなれば、大失態もいいところだ。ここは一旦手を引き、漏れている穴を塞いでから仕切り直すのが常道だろう。だが今の佐野の言い分では、まるで仕掛けが失敗することを望んでいるかのようだ。

「いかがした、真木。返答をいたせ」

座り込んだまま、立ち上がる素振りを見せない誠二郎に、三浦が声を投げかけてきた。誠二郎はようやく感覚が戻ってきた唇を引き締め、大きく息を吸い込んだ。

「私の見識が足りぬせいでしょうか。主客が入れ替わっているような気がしてなりませぬ。姉小路四位殿を討ち取れないまま、逆に美津が殺されてしまっては元も子もなく、天下の安寧どころか、上様もさぞお嘆きになるのではないかと危惧いたします。

末だことは決していないのですから、後始末の手配よりも、中止の決断をされるのが先ではありませぬか」

三浦が眉を吊り上げた。

「新参者の分際で、我らに異を唱えるか」

「よい。上様を慮《おもんぱか》るあまりの弁であると思えば、腹も立たぬわ」

ゆるりと佐野は、身体を揺らした。

「忠義者のそなたであればこそ、上様直々の御下知に添えぬことを申し訳なく思っておるのじゃろう。だが案じずともよい。上様が憂慮されておるのは、公家どもの暴走じゃ。なればここで四位殿を討つ必要はない。殿上人の目前で刀を抜く者がいたという事実さえあれば、勤皇公家をおとなしゅうさせることはできる」

謎かけのような言葉に、誠二郎は目を瞬いた。

「あのお方たちは、徳川といえど自分たちに害をなすことはできぬ、と信じ切っているが故に、好き放題をされておられる。なればこそ、我らがその気になれば殿上人であれど屠《ほふ》ることができるのだと、示す必要があった。敵討ちを装えば、世間は討ち手に同情する。美津の背後に我らがいることをご存じであっても、下手に明かせば悪あがきとみなされ、世間の反感を買うばかり。そうとご承知であるが故に、四位殿も御禁裏も黙り込むしかあるまい。かような絵図を見せられて、公家どもはさぞかし肝を冷やすであろう。さすれば急進派の動きも落ち着き、上様も満足なされるという按配じゃ」

話の途中から、物恐ろしさのあまり身体が震えてきた。

御禁裏や姉小路は、美津の背後に佐野たちがいることを知っている？

なぜ佐野が、そうと断言できる？

何より、相手側にこちらの動きがすべて漏れていることを、なぜ問題視しようとしない？

――答えは一つしかない。

「もしや、密告の主は……」

佐野は口元に笑みを張りつけたままうなずいた。

「それも絵図のうち。世間には敵討ちで通すが、公家連中までがそうと信じてしまっては脅しになるまい？　それ故、暗に我らの存在を匂わせておく必要があった。加えて四位殿は、美津の手並みを間近に見ることで、密告のおかげで命拾いをしたと悟るであろう。殿上人の一人や二人殺したところで、世の趨勢《すうせい》は変わらぬ。それよりも生かして恩を売っておき、いつの日か倍にして返していただくほうが、得策というものじゃ」

佐野の表情は、自ら描いた絵図に心酔し、勝ち誇っているかのように見えた。

美津には不意を打てると思わせ、世間には敵討ちであると偽り、裏では敵方と通じて「実はこうこうである」と告げておく。

汚いやり口だと思った。とても武士の作法とは思えない。

「徳川の禄を食《は》む身でありながら、勤皇派に恩を売ると申されますか」

佐野は悪びれるふうもなく、誠二郎を見返した。

「今は理解できずともよい。いずれ上様も、我らに感謝する日がこよう」

「すべては、上様の御為だと？」

「いかにも」

佐野は鷹揚にうなずいた。徳川の名を出せば、誠二郎がひれ伏すものと、思い込んでいるような口振りだ。

誠二郎は身体を起こし、真正面から佐野の顔を睨みつけた。

「その為に、お美津を捨て駒にされるおつもりか？」

突然語調を強めた誠二郎を、佐野は訝しげに見やった。かわって三浦が、せせら笑うように薄い唇を開いた。

「何を騒ぐことがある？　たかがおなご一人。しかも父親とともに、とうに死んでいる筈の女ではないか」

「三浦殿」

佐野に低い声で制され、三浦は不服そうに口を閉ざした。

「この者は言葉も行動も、時として思慮に欠けることがある。だがな、真木。三浦が申したことは、あながち的外れとも言えん。身内を殺された時、あれも死んだ。今あるのは、恨みを晴らすことがすべてとなった鬼の化身じゃ。敵を討つ為に果つるのであれば、美津も本望であろう」

――これ以上は、聞くに耐えない。

誠二郎は脇に置いていた刀をひっつかんで立ち上がった。

「真木？」

「たとえ上様の御為であっても、かように卑怯な仕打ちは武士としてあるまじきこと。

見過ごせば士道にもとる。私はこれよりお美津を捜し、その助太刀をいたします」

佐野は表情を変えた。

「ならぬぞ、真木。一人きりでの敵討ちでなければ、世間や町方は背後に徳川の影を見る。首尾よう始末がつくまで、何人たりとも美津に近づくことはならぬ」

「使い捨てにされる駒にも心がありましょう。それがわからぬお二方こそまことの鬼だ。鬼の命《めい》には、従えませぬ」

一気に吐き捨てて、誠二郎は踵《きびす》を返した。

「出合えッ」

背後で三浦の高い声が響いた。次の間に控えていた二人が、抜刀して部屋に飛び込んできた。

「乱心者だ。かまわぬ、斬って捨てよ」

命を受け、二人の侍は誠二郎に切っ先を向けた。

誠二郎も刀を抜いた。ためらいはなかった。目も眩むような怒りが、誠二郎の全身を押し包んでいた。

「斬れ、斬れッ」

三浦がわめいている。一人が正面から猛然と斬りかかってきた。誠二郎は咄嗟に飛び退《すさ》って間合いを取ろうとした。その時――。

――半歩回り込んで、かわしながら小手。

美津の声が、耳元で響いた。

竹刀と真剣では間合いが違う。あれほど美津と組太刀を重ねていたのに、忘れるところだった。

誠二郎は足を踏ん張り、声に従って相手の懐に飛び込んだ。

剣の流れがはっきりと見える。美津に比べれば、二人とも水の中で刀を振りまわしているかのように、動きが鈍い。

相手が刀を薙いできたが、それよりも早く誠二郎は、下から一気に斬り上げた。次の瞬間、男の腕が刀をつかんだまま宙を飛んだ。

もう一人の男に向き直った時、相手はまだ身体をまわし切っていなかった。

――そのまま、踏み込んで突き。

誠二郎の足が床を蹴った。刀を振り被った男の肩に、誠二郎が突き入れた切っ先が吸い込まれる。

男の手から刀が落ちた。

振り返ると佐野と三浦は、自ら刀を抜くことも忘れ、部屋の隅で立ち尽くしていた。

誠二郎は呻《うめ》き声をあげてうずくまっている男たちの身体を飛び越え、その勢いのまま庭先に駆け下りた。


加茂の川は、今日も千年の昔と変わらない顔をして流れていた。

五条橋を渡った誠二郎は、清水寺を目指してひたすら走った。

美津の後を尾けることがかなわず、待ち伏せ場所がわからない以上、姉小路四位が参詣を終えて出てくるのを、寺の前で待つしかない。御駕籠を見失いさえしなければ、どこかで必ず美津は現れる。

日はまだ高く、門前の人通りは多かった。

参道でうろうろしていると人目につく。どこかの茶屋に入って待とうと思って立ち止まった時、雑踏の向こうから駆け寄ってくる足音が聞こえた。

早くも追手がかかったかと、誠二郎は身構えた。

「兄上」

現れたのは文三郎だった。誠二郎は驚くとともに、ほっと息を吐いた。

「お前か。この広い都で何度も会うとは、よほど縁があるようだな」

「違うって。姉小路様の行く先を追えば兄上たちに会えるだろうと思って、ここで待ってたんだよ」

「どうして?」

「当主を狙っている不埒者って、兄上たちのことでしょ?」

ずばりと言い当てられ、誠二郎は絶句した。

「お美津さんにごまかされるところだったけど、兄上の顔つきでわかった。昔から兄上は、嘘をつこうとすると、顔の半分が引きつるんだよね」

誠二郎は弟の顔をまじまじとみつめた。

「他言はしたか?」

「しちゃいけないことなんでしょ?」

昔からそうだが、文三郎は察しがいい。勉学でも目上との付き合いでも、誠二郎はこの弟に、いつも後れをとっていた。

「内密の御役目なのだ。いや……御役目だった、というべきか」

「いろいろ事情がありそうだけど、興味ないから話さなくてもいいよ。僕はただ、お美津さんが気に入ったから、協力したいと思っただけ」

「協力?」

「うん。ここではなんだから、ちょっとあっちに」

腕を引かれるまま、誠二郎は文三郎とともに、ひと気のない路地に入り込んだ。

「昨夜、また投げ文があった。新たな密告だよ」

文三郎が身を寄せてきて声を潜める。誠二郎は息を呑んだ。

「この期に及んで、いったい何を……」

「見る?」

文三郎は懐から小さく折りたたまれた紙片を取り出し、誠二郎の前で開いてみせた。

白い紙の上にほんの数行。

——その者、剣は達者なれど、鉄砲、弓矢には無力なり。

ひと目見て、頭に血が上った。

美津の技を知り尽くしている者でなければ、提示できない一文だ。「止まって見えるのは、人が振る刀だけ。でなきゃ道も歩けないよ」と美津は言っていた。その通りだとしたら、飛び道具を使われればそれまでだろう。

「あいつら……どうあっても、お美津を亡き者にする気か」

誠二郎は呻いた。

「密告の主を知ってるの？」

「ああ。右足を御禁裏に、左足を幕府に置いて恥じない糞野郎どもだ」

文三郎は目を丸くした。

「兄上でも、そんな汚い言葉を吐くんだね」

「糞は糞だ。いや、あいつらは肥《こや》しにもならない糞以下だ。何が天下の為だ。すべてはおのれらの安泰の為だろうが」

それだけで文三郎はすべてを察したらしい。

「世渡りとしては正しいけどね。世情がどう転んでもいいように備えてるわけでしょ。馬鹿じゃできない芸当だよ」

紙片を折りたたんで懐に戻す文三郎を、誠二郎は見咎《みとが》めた。

「ちょっと待て。なんでお前がそれを持ってる？」

「隙を見て、くすねてきた」

あっさりと言われ、誠二郎は面食らった。

「そんな真似をして大丈夫なのか？　お美津はお前の身を、一番気にしていたんだぞ」

「姉小路邸にはもう戻らないから平気。先生は天朝様だけじゃなく、あちこちの京藩邸からもお声がかかってるんだ。だから先生に、『ここでは当分出番がなさそうです。先にそちらを訪ねましょう』と説いて、屋敷を出ることにした。この投げ文は、行きがけの駄賃ってやつ」

誠二郎は舌を巻いた。

「お前、俺より目付に向いてそうだな」

「そっか。兄上とお美津さんは、そっちのほうの御用向きで動いてるんだ」

しゃっくりをした時のように、息が喉に引っかかった。

聞かれてもいないのに自分から明かしてしまった間抜けさに、我ながら呆れていると、不意に文三郎が誠二郎の胸元を覗き込んできた。

「兄上、怪我してる？　首筋と襟元のとこ、血がついてるよ」

誠二郎ははっとして、自らの身体に目を走らせた。遠目にはわからない程度だが、ところどころに赤い斑点が散っている。

「お前に隠し事をしても始まらんな。これは返り血だ。二人斬った」

文三郎は、目だけでなく口も丸くした。

「血を見ただけで、ひっくり返ってた兄上が？」

人を斬った事実よりも、そちらのほうで驚かれるとは思わなかった。

「止め立てされたので、やむを得なかった。どうしても、ここに来なければならなかったんだ」

「お美津さんの為に？」

察しがよすぎるのも考えものだと思いながら、誠二郎は腹に力をこめた。

「昨日お前が、『医者には勤皇も佐幕もない。乞われれば関係なく診る』と言い切った時、お前は自分の道をみつけたのだなと、感服した。病み苦しむ人の為に、お前はすべてを捧げるつもりでいるのだろう？　俺もようやく、自分の道をみつけた。俺は武士としての矜持とおのれの命を、丸ごとお美津に捧げる。断じてお美津を、俺より先に逝《い》かせはせぬ」

「兄上、何かが憑《つ》いてない？」

そういう言い方があるか、と返そうとした矢先、寺の門から立派な御駕籠が出てきた。

駕籠昇きの他は、お付きの侍が前後に二人だけだ。だがよく見ると、御駕籠から離れたところを、同じ歩調でついていく侍が何人かいる。

寺への参詣に物々しい行列を作れば、口さがない京雀の噂になると考え、人目のあるうちは、余分な手勢を遠ざけているのだろう。

離れて歩く侍たちは物見役も兼ねているようで、うかつに近づけない。

御駕籠はゆっくりと、誠二郎の目の前を通り過ぎていく。その姿が坂の下まで遠ざかるのを待って、誠二郎は路地から足を踏み出した。

「兄上……」

文三郎の声が追ってくる。

「お前は来るな」

誠二郎は首だけ振り向けて弟を見やった。

「達者で暮らせ」

思いを込めたひと言を受けて、文三郎はその場に立ちすくんだ。

誠二郎は弟にうなずきを返し、足早に参道の人混みの中に紛れ込んだ。

人と建物の間から御駕籠を遠目に見やりながら、参道を下った。

近づきすぎれば、物見の者たちにみつかる。

離れすぎると、いざという時に駆けつけられない。

按配が難しかったが、救いは京の町が碁盤の目であることだった。

寺町通より東のこの辺りは多少入り組んでいるが、角を折れた先もまっすぐな道が続く為、見失う心配だけはせずにすむ。

御駕籠はどの辻も曲がらず西へと向かっていた。

清水寺から遠ざかるにつれて参拝客の姿はまばらになり、珍皇寺《ちんのうじ》の前を通り過ぎる頃には、人通りも絶えた。

それまでは人目を気にして離れていた物見の侍たちが、一人二人と御駕籠の周りに集まってくる。

寺を出た時から傍についている二人はきちんとした身なりをしていたが、残りの六人は着流し姿だった。おそらく姉小路家の抱え侍は羽織袴《はかま》の二人だけで、他の者は長州か土州の浪士なのだろう。

道の両側は寺の塀で身を隠す場所がない。その上御駕籠の後尾につく者たちが度々振り返るので、怪しまれないようついていく為には、かなりの隔たりを取らなければならなかった。

道は加茂川に向かって下りながら一直線に延びていて、御駕籠より彼方にある橋までが見通せる。

——次の四つ辻で塀が途切れる。そうしたらもう少し近づこう。

下りの傾斜が緩んだ。一行は橋の手前に差しかかろうとしている。

誠二郎が足を速めようとしたその時、御駕籠の動きが不意に止まった。

行く手を遮るようにして、細い影が道の真ん中に立っていた。

赤く染まった空を背にしているので顔は見えない。だがその人影が美津であることは、佇まいからわかった。

誠二郎との組太刀でも、美津は構えを取ったことがない。抜き身の小太刀をぶらりと提げたまま、自然な足取りで間合いを詰めてくる。その時と同じ身のこなしで、美津はゆっくりと駕籠へ近づいていく。

「出たぞッ」

口々に叫ぶ声が、遠く離れた誠二郎の耳にまで届いた。

誠二郎は慌てて駆けだした。

仕方なかったこととはいえ、離れすぎていた。日頃は意識せずに歩いている五十間ばかりの距離が、はてしなく遠い。

「皆の者、下がれッ、矢がくるぞ」

御駕籠の傍に控えていた一人が叫んだ。

その声に美津は、足を止めて背後を振り返った。

いつ、どこから現れたのか。半弓を手にした者たちが、橋のたもとに散開していた。

おそらく御駕籠の先まわりをしつつ、物陰に潜んでいたのだろう。

――後ろではなく、御駕籠の前にまわってついていくべきだった。

誠二郎は悔やんだが、もう遅い。

さしもの美津も、この場で弓矢を向けられるとは、夢にも思っていなかったようだ。

人形のように感情も表情もなかった顔から、血の気が引いている。

五人の男が、弓を額の高さに打ち起こした。

盾になりたいが、間に合わない。手を伸ばせば届きそうなのに届かない。地面を蹴る足が、頼りなく地中に沈む。

美津は、自分に狙いをつける弓矢から目を背けるように、横を向いた。

矢が放たれる寸前、強張っていた美津の横顔が、ふっと和んだかのように見えた。

夕日が、その日の最後のきらめきを残し、山影に沈んだ――。

八

「お美津、死ぬな――ッ」

声だけでも届けとばかりに張り上げた叫び声を、弦音がかき消す。その刹那、射手たちに背を向けていた美津の身体が、くるりとまわった。

矢風の隙間を縫うように、美津の腕がしなる。

足が地面を滑り、小太刀がなめらかに弧を描く。

薄闇の中で白い腕が舞うたびに、矢が音もなく足下に落ちる。

「鬼の舞いじゃ……」

傍らで震え声がした。

誠二郎も思わず足を止めて、その光景に見入った。

怪しく、不思議な眺めだった。

時が歩みを緩めたかのように、すべてがゆっくりと、しかしはっきり目に映る。美津の動きはあまりにも美しく、美しすぎるが故に、この世のものではないような恐ろしさを、見る者に与えた。

美津が腕を下ろした時、五本の矢は、すべて真っ二つに叩き切られて、地面に転がっていた。

「本物の鬼だ」

「手を出すな。食われるぞ」

すぐ傍にいる誠二郎を見咎める者はいなかった。誰もがそれどころではないといったていで、慄きながら立ちすくんでいる。

美津はしばらくの間、散らばった矢を不思議そうに見下ろしていたが、やがてつと顔を上げた。

その途端、浪士たちはいっせいに身をひるがえした。五人の射手も弓を放り出し、橋を渡って我先に逃げていく。

残ったのは二人の公家侍だけだった。さすがに主を見捨てることなく御駕籠の前で踏み止まっていたが、両の足も刀を握る手も、それとわかるほどに震えていた。

美津が近づく。

二人の侍が悲鳴のような声を発して斬りかかろうとした時、御駕籠の引き戸がからりと開いた。

「よい。そなたらがかなう相手ではなかろう。下がれ」

細いが、落ち着いた声だった。

二人は迷う素振りを見せながらも、御駕籠の脇へ退いた。

「美しい鬼よ。私を斬るか？」

若く小柄な男が、御駕籠の中から静かに美津を見上げていた。美津は姉小路の面前で、小太刀を構えた。

「兄の敵。お覚悟を」

「宮島右衛門《うえもん》殿の敵と申すのであれば、この首を差し出すにやぶさかでない。なれど姉小路家の名誉にかけて、私は女子どもまで斬殺せよとの指示は、出しておらぬ」

「でも、母上と兄上は殺されました。兄上はまだ、元服もすませていなかった」

「痛ましいことよ。今の私であれば、かような無体は許さぬ。だが当時はまだ力なき身であったが故、相手方の権力争いに乗じるより他なかった」

その言葉を聞いた時、誠二郎の頭の中で瞬くものがあった。

当時の三浦が、佐野へのお追従に明け暮れる下侍だったこと。「父上の敵と名乗りを上げる程度であれば、見過ごしてつかわす」と口にした時の意味ありげな笑み。そして佐野が苦々しい表情で、「この者は言葉も行動も、時として思慮に欠けることがある」とこぼしたひと言――。

「もしや……お美津の一家を皆殺しにする手引きをしたのは、裏目付の三浦と申す者ではありませぬか？」

美津が飛び上がるようにして振り返った。どうやら今の今まで、誠二郎がいることに気づいていなかったらしい。

「そなたは？　三浦の手の者か？」

姉小路が誠二郎を見やる。

「はい、一刻ほど前までは」

姉小路も美津も、その答えである程度のことは察したらしい。それ以上問いを重ねることなく、誠二郎に向けていた視線を元に戻した。

二人とも、互いに目をそらそうとせず、無言のまま見つめあっている。

美津はどうする気なのか。

皆殺しを命じていなくても、姉小路が美津の父の死を望んでいたことは事実だ。だがこの男を討つだけでは、美津にとって本懐となるまい。

誠二郎は固唾《かたず》を飲んで、美津の背中を見守った。

遠くで昏鐘《こんしょう》が鳴っている。

やがて美津は、ふっと肩の力を抜いた。

「敵としてだけではなく御役目で、あたしはあなたを斬れと命じられています。ですが、そうと命じた者が真の敵であるなら、その下知には金輪際従えません。父の死は、御役目上受け入れるしかないこと。誰かを恨む筋合いではないと承知しています。それ故、あなたを斬る理由はなくなりました。ご無礼をいたしました。堪忍しておくれやす」

精一杯丁寧な言葉を選び、「ごめんね」ではあんまりだと思ったのか、最後だけ京言葉を使って、美津は静かに小太刀を下ろした。

「四位殿に刃を向けておきながら、ただですむと思っておるのか」

いきなり強気になった公家侍の二人が、刀をかざして詰め寄ってきた。誠二郎は咄嗟に、柄に手をかけた。

「控えよ」

姉小路のひと言は重く、誠二郎も公家侍も動けなくなった。

「刃を向けられてなどおらぬ。夕焼け空が美しいので、しばし駕籠を止めて眺めておった。それだけのこと。何も起きてはおらぬ。よいな」

「は」

公家侍たちは刀を納めて退いた。

美津は御駕籠の前から二、三歩下がり、そこで踵を返した。そのまままっすぐ、加茂の川原へと下りていく。

声をかけることもためらわれ、誠二郎は黙って後をついていくことしかできなかった。

月はおぼろにけむって、足下も定かではない。闇に溶け込んだ川面から、せせらぎが聞こえてくる。

何も起きなかった――つまり、勤皇公家をおとなしくさせてみせると上様に大見得を切った佐野たちの面目は、丸潰れになったということだ。

――下知に逆らった俺も、御役目を全うしなかったお美津も、絵図をぶち壊した裏切り者として追われることになるだろう。捕まれば、それこそただではすむまい。

これからどうすればいいかと考えながら歩いていたので、美津が立ち止まったことに気づかず、危うくぶつかりそうになった。

「なんで、せいちゃんがここにいるの?」

第一声がそれだった。さっきまでの大人びた雰囲気はなんだったのかと思うくらい、いつもの美津だ。

「助太刀に来たんだ。悪いか」

誠二郎もつい、いつもの喋り方になる。

「宿に来たもう一人の人に見送られて、とっくに都を出たと思ってた」

「あいつは案内役だった。もうひと仕事あるとかで、三浦の屋敷に連れていかれたんだ」

「ひと仕事って、あたしの助太刀？」

すかさず美津が畳みかけてきた。

「……なわけないよね。なのにここにいるってことは、御下知に逆らった？」

「ああ。仕方なく二人斬った。迎えにきた奴と、もう一人」

美津の目が険しくなった。

「何があったの？」

誠二郎は声を呑み込んだ。

「三浦のおじさんが、兄上の敵だっていうのは、本当のことなの？」

真相を知れば、美津は傷つくだろう。

誠二郎はなだめるように、美津の肩に手を置いた。

「もういいだろう？　お前はよくやった。敵が誰だろうと、どうでもいい。恨みなど忘れてしまえ。そうすれば、二度と鬼にならずにすむ」

美津は、はっきりと首を横に振った。

「そこまで知ったら捨て置けないよ。三浦と姉小路が通じてるって、一刻も早く佐野のおじさんに伝えなきゃ。その上で、三浦を討つ。ここまできてあきらめるくらいなら、最初から里に入ってないよ」

――やはり、隠し通したままでは無理か。

誠二郎は唇を噛んだ。

佐野につなぎを取ったりすれば、こちらから首を差し出すようなものだ。

誠二郎は息を吸い込み、美津の肩に置いた手に力を込めた。

「佐野が、京に来ている」

美津はぽかんと口を開けて、誠二郎を見上げた。

「すべては二人が描いた絵図だ。徳川に火の粉がかからないよう、姉小路に私怨のある者を刺客に選んだところまでは、お前の読み通りだ。だが二人は、裏目付の力を誇示して上様の歓心を買う一方で、お前の弱みを姉小路側に知らせて恩を売るという一石二鳥を狙っていた。おそらく四年前も、お前の父御の件を姉小路殿に流すことで、公家連中に取り入ろうと謀ったんだろう」

「二人って……三浦と、佐野のおじさん？」

美津の口は、力なく開いたままだ。

「佐野のおじさんも、あたしの家を襲った賊に、加担してたっていうの？」

「当時下侍にすぎなかった三浦が、勝手に動けた筈はない。一家皆殺しまでは命じていないかもしれないが、裏で糸を引いていたのは、おそらく佐野だ」

美津は信じられないと言いたげに首を振った。

「父上は佐野のおじさんのことを、職務での付き合いを越えた刎頸《ふんけい》の友だ、って言ってたんだよ。兄上も、実の叔父上みたいに慕ってた……」

「お前もか？」

美津は肩を落とした。

「あたしがよちよち歩きの頃から、ずっと可愛がってくれた。父上が亡くなった時は傍にいて、泣くだけ泣かせてくれた。里では父親代わりになって……あたしの我《わ》が儘《まま》をなんでも聞いてくれた……」

美津の顔が青く見えるのは、星明かりのせいばかりではあるまい。

家族を失い、幼い身で一人きりになった美津にとって、佐野は唯一の拠《よ》り所《どころ》だったのだろう。

「だがな、お美津。そうだとしても本当の父親は、間違っても娘に人斬りを命じたりはしない」

そのひと言は、美津の四年間を否定するものだったかもしれない。それでも誠二郎は、言わずにいられなかった。

美津がふらりとよろめいた。誠二郎は美津の肩に置いていた手を背中に回して、その身を抱き寄せた。

美津はされるがまま、誠二郎の胸に顔を埋《うず》めている。

「狐と狸どころか、魑魅魍魎だ。そんな奴らに、これ以上お前の魂を食わせてやることはない。すっぱりと縁を切って、市井のおなごになれ。一之進殿も、きっとそう願っておられる」

誠二郎の言葉に、美津は僅かに顔を上げた。

「こっちがそうしたくても、向こうはそうさせてくれないでしょ?」

「とりあえず、どこかに身を潜めて、ほとぼりが冷めるのを待とう」

「……どこで?」

「前に、薩摩と言ってなかったか？」

「御禁裏を向こうにまわしてたじろがないのは、薩摩藩か会津藩くらいだって言いたかっただけ。追ってくるのが幕府方だと、どっちも無理だよ」

美津の声は弱々しい。

誠二郎は励ますつもりで、声を張り上げた。

「だったら浜松だ。あの親分なら二つ返事で匿ってくれるだろう。そうと決まったら、今すぐ発つぞ。佐野たちの手勢が追ってくる前に、京から少しでも遠くへ……」

言い終えるのを待たず、美津は誠二郎の腕の中からするりと脱《ぬ》け出した。そのまま川下に目をやって、耳を澄ませている。

「お美津？」

「手遅れみたい」

「なんだと？」

「殺気を感じる。多分追手。でも、数は多くない。三人……ううん、四人かな」

誠二郎はぎょっとして、美津がみつめている先に目を凝らした。

五条の橋は闇の中に沈んでいる。「どこに」と言いかけた時、薄雲が晴れたのか、辺りがさあっと明るくなった。

確かにいる。向こうも誠二郎たちに気づいたようだ。四人の足取りが速くなる。

「逃げないと」

誠二郎は声を上擦らせた。

「斬る気満々の相手に背中を見せたりしたら、猫に鰹節だよ」

こういう場合に使う譬《たと》えではないと言いかけて、誠二郎は美津の目に生気が戻っているいることに気づいた。

「大丈夫。こんなに遠くから殺気を撒き散らしてるくらいだから、腕はたいしたことない。せいちゃんが三浦の屋敷でやっつけた二人のほうが、ずっと手練れだよ」

今度は、誠二郎が逆に励まされている。

「いや、本当なら斬られていたと思う。なぜだかお前の声が聞こえて、その通りに動いたら、たまたまなんとかなっただけで……」

「違うよ、それはせいちゃんの身体が発した声。自分の腕にまだ覚えがないから、あたしの声のように聞こえただけ。せいちゃんはもう、十分に強いよ」

話している間に四人の男たちは、顔かたちがわかるところまで迫ってきていた。抜き放った刀が、光を集めてぎらりと光る。

男たちのほうへと向き直りかけていた美津は、ふと思いついたように足を止め、誠二郎を振り返った。

「せいちゃんにはこの場で、お美津派一刀流目録を授ける」

にっこりと笑うや、美津は四人の前へ自ら躍り込んだ。

先頭に立っていた男の大刀が、うなりを上げる。だが切っ先は、美津の髪をかすめて空を斬った。すかさず男は横薙ぎに払ったが、これも届かない。

僅かな動きで打ち込みをかわす身のこなしも見事だが、何より足さばきが素晴らしかった。軽く、決して開かず、器用に地面を蹴る。

もっとも、そうやって見とれていられたのは束の間だった。

誠二郎めがけて、一人が気合声とともに斬りかかってきた。誠二郎は一歩も下がらず、相手の打ち込みを刀の棟で受けた。

美津の動きを真似しようとしても無駄だ。お美津派一刀流の真髄は、相手の動きを読む目と、ここ一番での剣尖《けんせん》の速さだ。

そのことをいつの間にか、自然に学んでいた。

二の剣三の剣を受けてじりじりと下がりながらも、じっと間合いを計り続ける。見るのは刀ではなく、相手を包む空気の流れだ。

相手が息を入れようとした一瞬を、誠二郎は見逃さなかった。目前から姿を消すように前方に沈み込み、同時に刀を払い上げる。左の向う脛《ずね》から右の太腿までをざっくりと断ち割られ、男は悲鳴を上げてもんどりうった。

「お見事」

いつの間にか、美津が傍らに立っていた。その背後には黒い影と化した塊りが、点々と転がっている。

誠二郎がやっとの思いで一人を倒している間に、美津は三人の男を片付けてしまったらしい。

「その出血だと、すぐに手当てしないと助からないよ。どうする？　三浦の屋敷の様子を教えてくれたら、人を呼んであげるけど」

美津は足を斬られて倒れている男に向かって声を投げた。男は呻きながらも、せせら笑うように唇を歪めた。

「我々を倒したくらいでいい気になるな。京の出口はすべて、我らが手の者で押さえである。お前たちはもはや袋の鼠だ。せいぜい悪あがきをしながらくたばるがいい」

それだけ言うと男は、差し添えの脇差に手を伸ばし、逆手に持つや一気に胸を突いた。

「待っ……」

誠二郎が止める暇もなかった。

声もなく、男の身体が地面に崩れる。呆然と男の死体を見下ろしていると美津が、

「お手本かぁ」と呟いた。

「……手本？」

「あたしも里で、御役目をしくじった時は自害するようにって教えられた。でもかわいそう。命じた相手が裏切り者だってことを知らずに死んじゃって……」

里の住人ともあろう者が生き恥をさらすとは思えん、と言い切った佐野の言葉が脳裏に浮かぶ。あれはそういう意味だったのか。

「ふざけるな。人の命をなんだと思ってるんだ」

「だけど、いいこと聞いちゃった。街道すべてに人をやってるんなら、案外屋敷は手薄かも」

誠二郎は耳を疑った。

「まさか、お前……」

「このまま逃げ出したら、里や裏目付を許しなく抜けた逆賊として、地獄の果てまで追われるよ。ここは一か八か屋敷に乗り込んで、親玉に悪事を白状させるという出目に賭けたほうが、勝ち目があると思わない？」

美津を連れて国中を逃げまわることしか考えていなかった誠二郎は、頭を思い切り殴られたような気がした。だとしても、あまりに無謀だ。

「飛んで火にいる夏の虫、って言葉を知ってるか？」

「今は冬だよ」

「そういう問題じゃない。三浦の手下がいったい何人いるのか、俺たちにはわからないんだ。街道や町中に人を散らせていても、それ以上に手勢をかき集めていたら、屋敷に踏み込んだ途端、お陀仏だぞ」

「このまま逃げ出してもおんなじだよ。どのみち死ぬんなら、こそこそと逃げ隠れした挙句にみつかって、『無念じゃ』って呻きながら死ぬより、『覚悟の上だぁ』って啖《たん》呵《か》を切りながら討ち死にするほうが、納得できそうじゃない？」

無茶苦茶な言い分だが、妙に説得力があった。確かに人目を忍んで逃げまわるような生き方は、美津には似合わない。

「逃げているだけでは道は開けけん、ということか」

答えながら誠二郎は、さっきより気持ちが楽になっていることに気づいた。しょんぼりとした美津を抱きしめている時より、今の美津を見ているほうがよほどいい。

「俺も、毒されたな」

「何か言った？」

「なんでもない。尾を踏まば頭まで、だ。行くぞ」

力強くうなずいた美津とともに、誠二郎は五条の橋に向けて足を踏み出した。

橋の手前で、川原から通りに上がった。

宿を横目に見ながら、川沿いを下る。

一つ通りを過ぎたところで、誠二郎は立ち止まった。

「この近く？」

「その角を曲がれば、目の前だ」

「空が明るいね」

言われてみれば、屋敷の上の闇が赤く染まっている。誠二郎は角の手前で壁に張りつきながら、そっと行く手をうかがってみた。

門前に人影はなかったが、赤々とかがり火が焚《た》かれ、屋敷の中庭辺りでも光が揺れている。

「すごいね。戦《いくさ》でも始める気かな」

「相手がお前だからな。ぬかりなく、ってところだろう」

かがり火の前に身をさらすのはためらわれる。誠二郎は延々と続く屋敷の塀に目を走らせた。

「どうする？　裏にまわって、塀を乗り越えるか？」

美津は首を横に振った。

「外に見張りを置いてないってことは、追いかける準備ばかりしてて、あたしたちが乗り込んでくるとは夢にも思っていないってことだよ。こういう場合は、表門から堂々と入っていくのが、手っ取り早くてお勧め」

「忍び込むより、度胸がいりそうだな」

「怖かったら、外で待っててもいいよ」

「宿で別れた後、お前を捜すのにどれだけ苦労したと思ってる？　置いてきぼりは、二度と御免だ」

怖気づきかける自分を叱咤《しった》するつもりで、誠二郎は刀の鯉口を切った。美津が笑ってうなずく。

「斬り進むのはあたしに任せて、せいちゃんは離れずについてきてね。背中を守ってくれる人がいると思ったら、あたしは安心して、自在に動ける」

美津の声は、常とまったく変わらずに落ち着いていた。

「お前は死ぬのが怖くないのか？」

「もちろん怖いよ。さっきだって、橋の前に並んだ射手を見ただけで、震え上がって泣きそうになったもんね」

「そうは見えなかったが」

「せいちゃんのおかげ。せいちゃんがいなかったら、きっとあの場で死んでた」

「俺は何もしてないぞ。お付きの侍どもの後ろで、木偶の坊みたいに突っ立ってただけだ」

美津は首を振った。

「弓矢を向けられた時、『あ、ここで死ぬんだ』って、一度はあきらめた。でも飛んでくる矢を見るのはやっぱり怖くて、思わず目を逸らしちゃったの。そうしたら、目の前に椿の生け垣があった」

「椿?」

「似合うぞって、髪に挿してくれたでしょ。兄上のお墓の前で」

美津には赤が似合うと思って椿の小枝を手折《たお》った、あの時のことか。

「赤い花を見て、せいちゃんのことを思い出した途端、あきらめてる場合じゃない、って思った。全部の矢をよけることは無理でも、一本でも二本でも叩き落としてやる。生きて帰って、もう一度せいちゃんに会うんだ。そう決心して顔を上げたら、矢が空中で止まってた。多分あの一瞬だけの奇跡。二度はないと思う」

不覚にも、胸がいっぱいになった。自分の存在が美津に生きようという力を与えたのだとしたら、矢が止まる以上の奇跡だろう。

「一人ぼっちで、おじさんたちの正体も知らないまま死んでたことを思えば、今度はせいちゃんといっしょに、明日から先も生き抜く為に戦うわけでしょ?　だからかな。

今はぜんぜん怖くない」

誠二郎はうなずいた。

この先は、生きるも死ぬもいっしょだ——。

「わかった。後ろは任せろ」

「じゃあ、行こうか」

美津は先に立って、角を曲がった。


屋敷の門は閉ざされていたが、人の出入りが多いのか、潜《くぐ》り戸は開きっぱなしだった。

「案内された時、玄関には向かわなかった。塀沿いに中庭へまわった。奥座敷は庭に面してる。二人はおそらくそこにいる」

後ろから声をかけると、美津は黙ってうなずいた。

中庭にもかがり火が焚かれていて、辺りは昼間のように明るい。屋敷を見ると、どの部屋にも灯《あか》りが灯《とも》されていて、白っぽい障子にいくつもの人影が浮き上がっていた。

美津は小太刀を右手にひっ提げ、まっすぐ奥座敷へ近づいていく。

その時不意に障子が開き、若い男が広縁に出てきた。男は目の前に立っている美津を見て、立ちすくんだ。

「お前は……」

「佐野と三浦のおじさんに用があるの。そこにいるんでしょ?」

男は大刀を抜き払いながら、叫び声を上げた。

「皆の者、出合えッ」

美津はひらりと広縁に駆け上がり、すり抜けざま男の胴を抜いた。刀を振り被ったまま庭へ転げ落ちる男には目もくれず、開いた障子に向かう。

部屋へ踏み込むなり、続け様に男たちが斬りかかってきた。だが美津の動きは、これまで以上に軽やかで凄まじかった。繰り出される刀を紙一重でかわしながら、瞬時に相手を斬り伏せていく。

その様を間近に見つつ、誠二郎は広縁から部屋へ駆け込んできた男たちと正対した。真っ向から斬りつけてきた男の剣を払い、返す刀で袈裟懸けに切り払う。切っ先はわずかに届かなかったが、男たちはいっせいに飛び退った。

「速い」

「油断するな」

男たちは声を交わしながら、誠二郎を遠巻きにした。腰の引けた男たちを前に、誠二郎はどっしりと正眼に構えた。

――自分からは仕掛けない。美津の背後を守る壁に徹する。

そう思い定めた誠二郎の構えには、まったく隙がなかった。数で圧倒している筈が、配下の者たちは間合いを取ったまま、誰も斬りかかってこようとしない。

誠二郎という〝壁〟を背にして、美津は屋敷の奥へと突き進んでいく。

二人の侍が左右から、がむしゃらに刀を振りまわしてきた。

美津は横合いからの突きと、正面から拝み打ちに振り下ろされる刀を、半歩の足さばきだけでかわし、腕をしならせて小太刀を振るった。

二つの身体が、重い音を立てながら襖をなぎ倒す。その向こうに、今しも次の間へ逃げ込もうとしている佐野と三浦がいた。

「兄上の敵――」

声を上げて美津が足を踏み出しかけた時、三浦がこちらに向き直った。その手に短銃が握られていた。美津はのけ反るようにたたらを踏んだ。

「死ねッ」

叫びながら三浦が、筒先を美津に向ける。

——矢が空中で止まってた。あの一瞬だけの奇跡。二度はない。

美津の言葉の切れ端が、誠二郎の脳裏に瞬く。

何かを考えるよりも先に、足が動いていた。

三浦が引き金を絞ったのと、誠二郎が美津と三浦の間に立ちはだかったのは同時だった。

凄まじい音とともに、誠二郎の身体は見えない手で突き飛ばされた。美津の悲鳴が鼓膜を通り抜ける。

一瞬、気を失っていたようだ。

温かい手が頬に触れ、誠二郎は目を開けた。

「せいちゃん、しっかりして」

美津が誠二郎にしがみつき、倒れた身体を一生懸命抱き起こそうとしていた。

「馬鹿……逃げろ、早く……」

今なら間に合う。囲まれてしまえば終わりだ。

「嫌や。せいちゃんといっしょやなかったら、どこにも行かへん。お願いやし、死なんとって。お美津を置いてったら嫌や。せいちゃん、せいちゃん――」

美津は更にしっかりと抱きついてきて、離れようとしない。

背中の下で、畳が揺れた。配下の者たちが、ゆっくりと近づいてくる。

三浦は手にした短銃を美津に向け、狙いをつけ直そうとしていた。

「もうよい。派手な破裂音は一度でたくさんじゃ」

佐野は三浦を制し、誠二郎の上に覆い被さっている美津に、視線を向けた。

「久しいの、美津。よもやこの世で相まみえることになろうとは、思いもせなんだ。おかげで算段が狂うてしもうたわ」

美津は顔を上げ、まっすぐに佐野を睨みつけた。

「裏切り者、屑《くず》、人でなし、狸」

「すべてを悟ってしまったようじゃの。なればどうあっても、生かしておけぬ」

抜刀した男たちが、誠二郎と美津を取り囲む。四方八方から同時に刀を振り下ろされれば、動きが見えようと、よけることはかなうまい。

「本当におじさんが、父上を殺そうと謀ったの？　どうして？　あんなに仲良しだったのに」

今しも「やれ」という合図を発しかけていた佐野は、美津に問われて口を閉ざした。

死にゆく者の最期の問いかけを無視しては、後生が悪いと思ったのだろうか。束の間黙り込んだ後、佐野は改めて口を開いた。

「長くこの御役に就いていると、知らずによいことまで知ることになる。幕府の屋台骨は土台から腐り始めておる。樹齢三百年の大木とはいえ、長くはもつまい。武士の世が終わるのであれば、公家とは敵対せずに、今から手を結んでおくべきじゃ。なれど宮島殿には、わかっていただけぬであろうと思い為した」

「それで、父上を……？」

「我らの動きに気づく前に、消えていただかねばならなかった。それもすべては徳川の、ひいては天下の為じゃ」

「公家に取り入るのが徳川の為？　狸だって、もう少しましな言い訳をするよ」

美津に罵《ののし》られても、佐野は眉一つ動かさなかった。

「大局の見えぬ者には、何を言っても無駄じゃの。先に地獄で待っておれ」

佐野が言葉を切る。

美津が首にしがみついてきた。

――何をやってるんだ、誠二郎。のんきに寝っ転がってる場合か？　このままだとお美津は、俺より先に斬られて死ぬぞ。そうなったら死んでも死にきれまい？　さっさと起き上がって、お美津を守れ。

誠二郎は胸の中で叫んだ。

だが気が逸るばかりで、身体はぴくりとも動かない。

頭上で男たちが、刀を振り上げる気配がする。

ここまでか――と思った。

その時、入り乱れた足音とともに、障子や襖が蹴破られる派手な音が響いた。

「動くなッ、手向かう者は斬り捨てる」

怒声とともに、高張り提灯《ちょうちん》を掲げた一団がなだれ込んできた。

「なんだ？」

三浦が叫んだ。

「……会津三つ葵？」

佐野が呆然として呟く。

提灯の家紋を目にして、その場にいた者はいっせいに刀を捨てた。

その中で三浦だけが、素早く身をひるがえして、奥の間へ駆け込もうとしている。

「逃がすな、追えッ」

提灯を持った一団が追いすがる。

霞む視界の中で三浦が、百目ろうそくの燭台《しょくだい》を蹴り倒すのが見えた。

吹き込んでくる冬の風にあおられ、一気に火の手が上がる。美津は誠二郎の身体にしがみついたままだ。

――誰か……お美津を……。

外へ連れ出してくれ、と心の中で叫んでいると、不意に美津の腕が強張った。

「ぶんちゃんッ」

その声を耳にした時は空耳かと思った。

「せいちゃんが、撃たれた。あたしを庇って……」

美津が泣きながら訴えている。誰かが傍らに膝をつくのがわかった。誠二郎は必死に薄目を開けた。そこにいるのは、紛れもなく文三郎だった。

――なぜ、お前が、ここに……？

そう問いかけようとしたが、呻き声にしかならない。

「喋らないで」

文三郎は血止め用の手拭いを口に咥《くわ》え、誠二郎の襟元を開けると、慣れた手つきで触診を始めた。その手が、右の脇腹辺りでぴたりと止まる。

「ぶんちゃ……ん、ぶんちゃん……せいちゃん……は？」

誠二郎の胸の上に身を屈めたまま、文三郎はほっと息を吐いた。

「大丈夫。急所は外れてる」

「死なない？　助かる？」

「任せろ、僕は名医だ」

二人の声が遠くなる。

戸板が運び込まれたらしく、誠二郎の身体は何本もの手で持ち上げられた。

「任せるからね。絶対、絶対、絶対、助けてよね」

もう何も見えない。炎の赤い光が、まぶたを透かして揺らめいているだけだ。

それなのに、畳の上に放り出していた小太刀をつかみ、燃え盛る屋敷の奥に駆け込んでいく美津の姿だけは、はっきりと目に映った。

「駄目だッ、お美津さん、戻って――」

文三郎の叫び声を聞いたのを最後に、何もわからなくなった。

九

意識を取り戻して最初に目に映ったのは、見慣れない天井だった。

夢を見ていたのだろうかと思いながら頭を傾けようとすると、布団の上から身体をそっと押さえられた。

枕元に文三郎が座っていた。

「気がついた？」

誠二郎は確かめるように、弟の顔をみつめた。

「……夢でも幻でもなかったわけか」

そうすると、炎の中に消えていった美津も、現実だったということになる。

「お美津は……？」

ここにいないのだから、答えはわかっている。文三郎は言葉を探すように目を泳がせていたが、ややあって大きく息を吸い込んだ。

「兄上を外へ運び出すのと入れ替わるように、屋敷の奥へ向かっていった。それきり……姿を見た者はいない」

誠二郎は目を閉じた。

「ごめん、兄上。止めようとしたけど、あっという間だった」

「……わかってる。お美津がこうと決めたら、誰にも止められん」

文三郎は痛々し気に顔を歪めた。

「焼け跡からいくつか死体がみつかったけど、判別がついたのは三浦って人だけ。他は男か女かすらわからない、って……」

そのいくつかの死体が、佐野と美津だと言いたいのか。

「懐の短銃が焼け残ってたから、その人だけ見当がついたんだ。死体の胸には、小太刀が突き立っていたそうだよ」

つまり美津は、見事に本懐を遂げたわけだ。

「こっちの手勢は火に臆して奥へ踏み込めなかったから、お美津さんが追いかけてなかったら取り逃がしてたかもしれない。女ながら、あっぱれだよね」

文三郎の口調はしみじみとしていて、まるで亡き者を悼《いた》んでいるかのようだった。

「お美津は生きている」

誠二郎は弟の目をまっすぐにみつめて言い切った。

「兄上……」

「お美津は剣の腕も気性も、俺よりずっと強いんだ。俺が生きてるのに、あいつが先に死ぬ筈がない」

文三郎は何も言わなかった。黙って誠二郎の額に載せていた濡れ手拭いを取り替え、

「もうひと眠りしたほうがいいね」とだけ言い置いて、部屋から出ていった。

ここは、どこだ?

あれから何があった?

考えねばならないことは山のようにあったが、熱のせいかまぶたが重い。

脳裏に浮かぶ美津の後ろ姿を追ううちに、誠二郎は再び眠りに落ちた。

ここが会津松平下屋敷内にある武家長屋の一室であることは、翌日知った。聞けば誠二郎は、撃たれてから三日の間、意識がなかったという。

「兄上がここにいることは、一握りの人間しか知らない。表向きは、治療の為に長崎へ運んだってことにしてあるから、安心して養生するといいよ」

傷口に当てた巻き木綿を取り替えながら、文三郎はそんなことを口にした。

「俺は追われているのか？」

「幕府方が、目の色を変えてるって」

「どうして？　俺も美津も、間違ったことはしていないぞ」

佐野も三浦ももういない。一生逃げまわるより二人の悪事を暴こう、と美津が言いだした賭けに、自分たちは勝ったのだ。それなのに、なぜ？

「裏目付の頭が寝返っていたなんて、前代未聞の不祥事でしょ？　『万一ことが公になったら、将軍家の権威は失墜する。それを怖れ、生き証人である真木殿の口を塞ぐおつもりであろう』というのが、衆目の一致する所見だよ。でも会津侯は、兄上を引き渡すつもりはない、って言明してくれた」

なんのことはない。追手が裏目付から幕閣に変わっただけか。

「俺を匿っていることがばれたら、会津の立場が悪くなるんじゃないか？」

自分とは縁もゆかりもない会津藩が、どうしてそこまでしてくれるのかわからず、誠二郎は聞き返した。

「保身の塊りになってる今の幕府に、会津をどうこうできる力はないよ。そんな気概があったら、今回の件で守護職が動いたことに、苦言の一つくらい入れてきてるって」

幕府の屋台骨は土台から腐り始めておる、という佐野の言葉を思い出した。

三浦の屋敷に踏み込んできたのは、京都守護職の手勢だったという。

どちらも幕府側の組織でありながら、なぜ〝表〟が〝裏〟の取り締まりに乗り出してきたのかという種明かしも、看病の合い間に文三郎がしてくれた。

「姉小路邸を出たって話はしたよね。次に移ったのが、ここだったんだ。それってたまたまだったけど、天が与えてくれた好機だと思った。なんといっても藩主の容保《かたもり》様は、京都守護職の御役に就いておられるお方だからね」

「好機？」

「京都守護職は治安の維持が御役目だけど、それだけじゃなくて、間諜の役目も担ってる。だとしたら当然、目付衆たちともやり取りしてる筈だって思った。それで先生に頼んで、公用方に話を通してもらったんだ。あの密告文と同じ筆跡の文書がないか、調べる為に」

よくそんなことを考えつくものだと、誠二郎は半ば呆れた。

「目当ての物はすぐにみつかったよ。三浦って人の書簡と、密告文の手跡が、ぴったり一致した」

ちゃんと墨の濃度鑑定までやったんだよと言って、文三郎は胸を張った。

「商人なら、あっちにもこっちにも味方であるように振る舞うっていうのは才覚の一つだけど、武士がそれをやっちゃお終《しま》いだよね。特に会津の殿様は一心を大切にするお方だから、かんかんになられて、すぐさま三浦邸を急襲って運びになったわけ」

文三郎も同行を願い出て、屋敷に駆けつけたのだという。

「それにしても怖がりだった兄上が、よく銃口の前に飛び出したりできたね」

「足が勝手に動いたんだ」

「おなごに惚れた男の熱情ってすごいね」

「そんなのじゃない」

「お美津さんは嬉しかったと思うよ。怪我が治ったら、一番に浄雲寺《じょううんじ》に行こうね」

焼け跡からみつかった死体は、まとめてその寺に葬られたらしい。はっきり「お美津さんの墓参りに」と口にしなかったのは、頑なにそれを否定する誠二郎の気持ちを慮《おもんぱか》ってのことだろう。

誠二郎は聞こえなかったふりをして、腹の巻き木綿に手をやった。

「まだ起きては駄目なのか?」

「そうだね。傷口もふさがってきたし、あと十日もしたら床払いできると思うよ」

「そんなにかかるのか」

「あんな近いところから、鉄砲の弾《たま》をまともに食らって、半月で起きられるようになるほうが不思議でしょ。瓢簞がなかったら、先生がいくら手を尽くしても助からなかったとこだよ」

「瓢簞?」

文三郎は傍らの盆の上から何かを取り上げた。見るとそれは、くびれから上の部分だけが残った、お守りの瓢箪だった。

「瓢箪だけだったら貫通してただろうけど、なぜか中に土が詰まってた。そのおかげで弾の勢いが弱まって、はらわたがぐちゃぐちゃにならずにすんだんだよ」

誠二郎は黙って瓢箪の残骸をみつめた。

常に一之進とともにいたいと思い、墓前ですくった土を持ち歩くにはどうすればいいかと考えあぐねた末に思いついたのが、美津から貰った瓢箪だった。その中に土を詰め込み、懐に忍ばせていたのだ。

——身に着けていれば、絶対に長生きできるから。

美津の声が耳元で響く。

「一之進殿とお美津に救われた命か……」

小さく呟き、誠二郎は目を閉じた。


京都守護職の公用人と名乗る侍が、文三郎とともに部屋を訪ねてきたのは、ようやく熱が下がった翌日だった。

慌てて形《なり》を改めようとする誠二郎に侍は、「いや、そのままで」と近しく声をかけ、枕元に腰を落ち着けた。

「此度は厄介をおかけいたしました。まことにかたじけなく存じます」

誠二郎は布団の上に身を起こし、一礼した。

「養生中に相すまぬ。今日参ったのは他でもない。殿よりのお言葉を伝えたいが為。肥後守様におかれては貴公の働きをいたくお気にいられ、快癒の暁《あかつき》には公用方勤へ登用するようにとの仰せでござる」

「私を？」

俄《にわ》かには信じられなかった。

今度は〝裏〟ではない。まっとうな仕官の口だ。

「兄上、すごい」

文三郎が叫んだ。その声に美津の声が重なる。

――せいちゃん、すごーい。あっぱれ、天才。さすがはあたしの一番弟子。

表情までが目に浮かび、誠二郎は口元をほころばせた。

出会った当初、「ちゃん付けかよ」と憮然としたことを思い出す。

いつからだろう。「せいちゃん」と呼ばれるたびに、喜びと慈愛を身の内に覚えるようになったのは――。

「ご承知いただけるか」

誠二郎は目を上げて侍をみつめた。

「まことにありがたきお話なれど、私の一存では決めかねまする。すべてはお美津をみつけてからのこと」

「美津殿は……」

公用人はちらりと文三郎を見やった。

文三郎は微かに首を振り、黙って目を伏せた。

「返事は急がぬ。養生されよ」

そう告げる公用人の声には、ありありと憐憫《れんびん》がこもっていた。


数日前から暖かい風が、都を吹きわたっている。

屋敷の周囲を歩いていた誠二郎は、突風が吹くたびに足を止め、土埃が舞い上がる通りを眺めやった。

空も木々も家々も、埃のせいで白っぽく見える。美津がいない世界は、冬枯れの庭のようで色がない。

屋敷周りを二周したところで、足に力が入らなくなった。

「まだまだか……」

誠二郎は独りごちた。

床払いをした時は、これで美津を捜しに行けると張り切った。

まず向かうべきところは、浄雲寺とかいう見知らぬ寺ではなく、一之進の墓だ。美津も誠二郎が、真っ先にそこを目指すことは見越しているだろう。ならばその場に、なんらかの手がかりを残してくれている筈だ。

だが出かける支度を始めたところで文三郎にみつかり、猛烈に説教された。

「医者の卵の命令だよ。少なくとも屋敷の周りを五周できるようになるまで、遠出は許可できない」

その時は「たった五周」と思ったが、いざ外を歩いてみると、確かに身体は信じられないほどになまっていた。

毎日暇を見ては足慣らしに出ているというのに、一週間経ってもやっと二周なのだ。これでは東山の中腹にある一之進の墓まで、とても辿り着けない。

ぐったりとした身体を引きずって、誠二郎は武家長屋に戻った。

夕餉に備えてお茶を淹れておこうと立ち上がりかけた時、いきなり引き戸が開いて、血相を変えた文三郎が飛び込んできた。

「兄上……大変ッ」

美津がみつかったのかと思ったが、続く文三郎の言葉は、誠二郎にしても予想外のものだった。

「佐野ってお人が……腹を切った」

咄嗟に言葉が出なかった。

「麩屋町《ふやちょう》通の町家に潜んでたらしい。町奉行から知らせが入って、公用人がお調べに出向くことになった」

「……みつかったのは佐野だけか？　お美津は？」

「わからない。その人が戻ってきたら、詳しい話を聞いてくる」

「待ってなんぞいられるか。俺もそこへ行くぞ」

「兄上は長崎にいることになってるんだよ。そんな場に出向いたら、誰に見咎められるかわからない。それに、まだ身体が……」

「名乗らなければ、俺だとはわからぬ。這ってでも、俺は行くぞ」

止めても無駄だと思ったのか、文三郎は駕籠を使うことを条件に折れた。公用方も、佐野の顔を知っている人間が必要だということで、同行を認めてくれた。


その町家は、三浦の屋敷から近かった。

佐野は作法通り着物を肌脱ぎし、腹を真一文字にかき切った後、喉を突いて果てていた。

肩から背中にかけて巻きつけられたさらし木綿の隙間から、治りきっていない火傷《やけど》の痕が見て取れる。腹の傷と相まって、その様は痛々しかったが、佐野の死に顔は存外に穏やかだった。

文三郎とともに死体の傍らで立ち尽くしていると、公用人の一人が、「佐野兵衛という御仁であることに、相違ござりませぬか」と尋ねてきた。

誠二郎はわずかに顎を引いてうなずいた。

「……いったい、どのような術《すべ》でこの家に？」

「空き家でありながら、手入れだけは為されていた様子。おそらくこの御仁の、隠れ家の一つだったのでござりましょう。近所の者の話では半月ほど前から、若い娘御とともに住み暮らし始めたとか」

「若い娘？」

誠二郎は聞き返した。

「身動きもならぬほどの大怪我をしていた父親を、その娘がつきっきりで看病していたらしく、親孝行な娘だと評判になっていたようでござる」

その言葉を耳にして、傍にいた町方の役人が振り返った。

「いや、拙者が近所の者に聞き込んだところでは、『親ではなく命の恩人だ』と、その娘は申していたそうですぞ」

誠二郎は弾かれたように、顔を役人に振り向けた。

「そのお人と話はできますか」

そう問うと役人は、右隣りに住む女房だと教えてくれた。

誠二郎は文三郎とともに急ぎ町家を出たが、隣りの家に辿り着く前に、道の真ん中で寄り集まっていたおかみさんたちに捕まった。

「お侍さん方は、あの二人の知り合い？」

「あの可愛い娘さんは、どないなったん？」

渡りに船とばかりに誠二郎は、たった今耳にしたことを尋ねてみた。

「それ、あたしも聞いたえ」

「二度、命を助けられたんやて？」

「そうそう。いっぺんは生きる道を示してくれて……」

「もういっぺんは、燃え落ちる柱の下敷きになるところを庇ってくれた、って言うてはったわ」

文三郎が目を見開いて誠二郎を見る。

誠二郎は、大きく息を吐き出して空を見上げた。

――お美津だ。間違いない。

「あの娘さんが夜も寝ずに看病したおかげで、ようなったようなもんや」

「起き上がれるようになった途端に腹を切るやなんて、お侍さんちゅうのはけったいな生き物やな」

おかみさんたちは、互いに顔を見合わせながらうなずき合っている。

「そやけど、あの子も承知の上やったみたいえ。今朝あたしのとこに、『奉行所に知らせてください』って言いにきたんやけど、えらい落ち着いとったし」

誠二郎は、思わず身を乗り出した。

「お美……その娘がどこに行ったか、ご存じですか」

おかみさんたちは揃って首を横に振った。ならばもう、ここに用はない。

丁寧に礼を告げて、誠二郎はその場を離れた。

「兄上……」

誠二郎の横で、文三郎が声を詰まらせる。

「娘さんって……お美津さんのことだよね」

誠二郎は立ち止まることなく、黙ってうなずきを返した。

「でも佐野ってお人は、兄上たちを殺そうとしてたんでしょ？　それなのに、あの火事の中でお美津さんを助けたってこと？」

文三郎は首をひねっているが、誠二郎には佐野の気持ちがわかるような気がした。

佐野は佐野なりに、徳川の行く末を憂えていた。勤皇公家と手を結ぼうとしたのも、私利私欲からではなく、思うところがあったが故の所業だったのかもしれない。その筋を通す為ならば、いくらでも非情になれた。無二の友である美津の父を亡き者にすることも、その娘を里の者に仕立てることも厭《いと》わなかった。だが守護職が屋敷に踏み込んできた時、佐野は自らの信念が潰えたことを悟った。その瞬間、佐野の中で美津は、捨て駒から亡き親友の忘れ形見に立ち返ったのだろう。

佐野たちの仕打ちを許す気はまったくない。美津も同様だろう。それでも美津は佐野を慕っていた。敵と知ってなお、憎みきれないほどに。

そんな美津に対し、佐野は自分なりのけじめをつけた。

もし佐野が裏目付の重鎮でなく、世情が危ういものでなければ、佐野は今も『ちょっと偏屈だけど、根はいい人』のまま、美津の父の横で人懐こい笑みを浮かべていたかもしれない。

いずれにしろ佐野の死で、美津も過去とのけじめがついたことになる。

「兄上、どこに行くの？　駕籠はあっちだよ」

文三郎が袖を引っ張ったが、誠二郎は足を止めなかった。

「知れたことだ。お美津を追う。お美津は俺を捜している筈だ。長崎にいると耳にすれば、まず大坂に向かうだろう。急げば伏見街道の途中で追いつけるやもしれん」

「まさか。おなごの身で、一人で長旅に出たりはしないでしょ。まだ都のどこかに潜んでるんじゃない？」

「お前はお美津のたくましさを知らないんだ。こうと思い立ったらあいつは、江戸だろうと長崎だろうと、脇目も振らずにすっ飛んでいくぞ」

「だからって、まだ動きまわるのは無理だよ。ここは公用人に頼んで、お美津さんらしい人をみかけたら知らせてくれって頼んだほうが……」

「今の今まで、佐野もお美津も見逃していた手合いなど、当てになるか」

追いすがる文三郎を振りほどこうとした途端、足下がふらついて膝をつきそうになった。文三郎が慌てて誠二郎を抱きかかえる。

思い通りに動かない身体に歯嚙みしていると、文三郎が誠二郎を支えながら囁きかけてきた。

「まずは身体を治して、それからいっしょに長崎へ向かおう。焦らなくても、この世にいるんだから、必ず会えるよ」

優しく言葉をかけられ、誠二郎は渋々ながらうなずくしかなかった。

ここ数日の暖かさが嘘のように、その夜は冷え込んだ。

明るくなるのを待って、いつものように表に出ると、通りは朝もやの中に沈んでいた。

冷たい空気を胸の奥まで吸い込みながら、誠二郎は「必ず会えるよ」という文三郎の言葉を脳裏に呼び起こした。

とにかく今は、一日でも早く身体を元に戻すことだ。会津に庇護《ひご》されている誠二郎と違って、美津は一人なのだ。幕府の手に落ちる前に捜し当てて、今度こそしっかりと守り通さなければ。

――今日は意地でも三周するぞ。

そう心に決めて歩きだす。

沈丁花《じんちょうげ》の甘い匂いが、どこかからとも知れず漂ってきた。

いつの間にか、春はすぐそこまで来ている。

朝もやをかき分けるようにして、一つ目の角を曲がった。

早くもふらつきそうになる足に力を込めて、通りの先を見渡した時、向こうから近づいてくる小さな人影に気づいた。

誠二郎は、思わず立ち止まった。

どんなに遠目でも、もやで輪郭が霞んでいても、誠二郎にはわかる。たとえ狐や蛇に化けていようと、ひと目で見抜く自信がある。

誠二郎は前のめりになりながら、足を踏み出した。

人影も誠二郎に気がついたらしい。伸び上がるようにして、頭の上で両手を振っている。

——長崎に向かったという話は嘘だと見抜き、追手の目を潜り抜けながら、時を置かずここを突き止めたのか。やはりたくましい奴だ。

美津が駆けてくる。誠二郎が足をもつれさせている間にも、その姿はどんどん大きくなる。

少し痩せたようだ。

右腕の白い包帯が痛々しい。

額と頬が赤いのは火傷の痕か。

だが誠二郎に向けられるまっすぐな眼差しは、少しも変わっていない。

——そうだ。お前は強くてたくましくて……そして、誰よりも綺麗だ。

朝もやが晴れてきた。

「せいちゃーん」

美津の澄んだ声が、誠二郎の耳朶《じだ》を震わせながら、空の高みへと抜けていった。

〈了〉

装画／洵
装幀／大武尚貴

本書は書下しです。

天羽　恵（あまうめぐみ）
一九五八年生まれ。兵庫県出身。「日盛りの蟬」で第六回大藪春彦新人賞を受賞。本作がデビュー作となる。

もゆる椿《つばき》

二〇二三年十月三十一日　初刷

著者……天羽　恵
発行人……小宮英行
発行所……株式会社　徳間書店
〒一四一―八二〇二　東京都品川区上大崎三―一―一
目黒セントラルスクエア
電話〔編集〕〇三―五四〇三―四三四九
〔販売〕〇四九―二九三―五五二一
振替……〇〇一四〇―〇―四四三九二
本文印刷……本郷印刷株式会社
付物印刷……真生印刷株式会社
製本所……東京美術紙工協業組合

落丁・乱丁はお取り替えいたします。
ISBN 978-4-19-865709-3

鯖《さば》

赤松利市

紀州雑賀崎を発祥の地とする一本釣り漁師船団。かつては「海の雑賀衆」との勇名を轟かせた彼らも、時代の波に呑まれ、終の棲家と定めたのは日本海に浮かぶ孤島だった。日銭を稼ぎ、場末の居酒屋で管を巻く、そんな彼らに舞い込んだ起死回生の儲け話。しかしそれは崩壊への序曲にすぎなかった——。破竹の勢いで文芸界を席巻する赤松利市の長篇デビュー作、待望の文庫化。

文庫／電子書籍

愚か者の身分

西尾　潤

SNSで女性に成りすまし、言葉巧みに相手の個人情報を引き出して、戸籍売買を持ちかける。それがマモルの仕事だ。ある日、マモルは上司から不可解な指示を受けた。タクヤの部屋を掃除しろ。自分にこの仕事を紹介してくれた先輩に、なにが起きたのか。タクヤの部屋でマモルが見たのは、おびただしい数の血痕だった——。戸籍ビジネスの闇に蠢く半グレを描いた新時代のクライム群像劇！

文庫／電子書籍

マルチの子

西尾　潤

バイト先の掲示板で見つけた奇妙な貼り紙「磁力と健康セミナー・無料開催」。それは地獄への扉だった――認めてほしい。ただその一心で始めただけなのに、どうしてこんなことになってしまったのか。壮絶な実体験をもとに、マルチ商法にはまった女性の〝乱高下人生〟をリアルに描いたノンストップサスペンス！　朝日新聞、週刊文春他多数のメディアで取り上げられた話題作が待望の文庫化！

文庫／電子書籍